14 Juillet

Djihad 4.0

Roman policier

Christophe Stener

Crédits photographiques

Page de couverture

TV News

Dernière de couverture

Peace for Paris
Dessiné par Jean Julien, dessinateur français
résidant à Londres, et partagé via Twitter dans la
nuit du 13 au 14 novembre 2015

© 2016, Stener, Christophe
Edition : Books on Demand, 12 / 14 rond point des champs Elysées, 75008 Paris
Impression : BoD - Books on Demand Norderstedt, Allemagne
ISBN : 9782322041930
Dépôt légal : février 2016

Avertissement

Si certains faits et personnages historiques servent de toile de fond aux enquêtes du lieutenant Malik Benamar de la DGSI, celui-ci est un héros romanesque.

Imaginée en 2015, l'intrigue de *14 Juillet 2016* est fictive, comme l'est celle des deux tomes précédents de la série Djihad 4.0 : *Exposée et Double feu*.

Ce tome peut être lu séparément ; les références aux épisodes des ouvrages précédents sont signalées.

Par convention, il est fait usage du nom Daech, acronyme arabe de l'Etat islamique, sauf dans la bouche des islamistes qui revendiquent le caractère étatique du califat proclamé le 29 juin 2014.

Un glossaire des mots étrangers, des acronymes et des termes technique figure en fin d'ouvrage.

En skat

1 - Prologue
La prise de la Mecque

Ce mardi 1er du mois de *Mouharram* 1400, le mois considéré par les musulmans comme le plus sacré des quatre mois sacrés, celui qualifié de *mubarak* (béni), l'Islam entra dans le XVe siècle de l'hégire, le calendrier lunaire musulman, soit le 20 novembre 1979 du calendrier romain. A la Mecque, le *hajj* (grand pèlerinage), l'un des cinq piliers de l'islam, est achevé depuis trois semaines, mais plus de cinquante mille pèlerins sont réunis dans la *Masjid al-Haram* (la Mosquée sacrée), la plus grande du monde, au cœur du Haram al-Sharif, le lieu le plus saint de l'Islam, avec, en son centre, la Kaaba où est enchâssée la pierre noire que les musulmans tentent de toucher au cours des *tawaf* (circumambulations) durant leur pèlerinage.

A 5:20, Cheikh Mohammed Ibn Soubbayil, l'imam s'apprête à lancer l'appel à la prière relayé par les haut-parleurs des sept minarets quand il est bousculé par un jeune homme, le visage mangé d'une barbe noire, les yeux exaltés qui s'empare du micro et annonce : « Je m'appelle Jouhaymane Al Otaibi. Voici Mohammed Al Qahtani. C'est le Mahdi qui vient apporter la justice sur terre. Reconnaissez le Mahdi qui va nettoyer le royaume de la corruption ! ». A cet appel, deux cents complices, déguisés en fidèles, sortent des armes de guerre jusqu'alors cachées sous leurs gandouras ; quelques tirs ; la plupart des soldats se rallient, un soldat qui fait mine de s'opposer est abattu ; sacrilège du sang répandu dans le lieu de prière.

Du haut du minbar, Al Otaibi se répand en imprécations contre la dépravation de la famille royale des Al Saoud qu'il accuse de livrer la terre sacrée aux occidentaux. Il appelle au ralliement des vrais croyants. Toute la cité sainte entend les imprécations du forcené hurlées dans les hauts parleurs. La foule de pèlerins affolés, loin de répondre à son appel, fuit, paniquée, la mosquée. Les insurgés, pour la plupart des soldats saoudiens entraînés et quelques recrues étrangères, ne gardant qu'une centaine de fidèles en otages, prennent alors position dans la mosquée, postant des tireurs d'élite en haut des minarets.

L'imam, qui a réussi à fuir, a donné l'alarme. On réveille, en son palais royal, le roi Khaled ben Abdelaziz Al Saoud. S'il n'était de santé fragile, le souverain aurait pu se trouver présent à la prière du lever du jour. En l'absence du prince héritier Fahd, à Tunis pour un sommet arabe, et du prince

Abdallah, chef de la Garde Nationale, au Maroc, le roi dépêche à La Mecque ses autres frères, Sultan, ministre de la Défense, et Nayef, ministre de l'intérieur, pour coordonner les opérations. Craignant un complot ourdi de l'étranger, le prince Nayef fait couper toutes les communications téléphoniques et télex avec l'extérieur du pays.

Les premiers assauts de la Garde nationale saoudienne, désordonnés, peu volontaires, sont rapidement repoussés par les rebelles, laissant de nombreux soldats loyalistes morts. Pour lever la réticence de certains soldats à combattre dans le Haram al-Sharif, le Saint des Saints de l'islam, le roi Khaled obtient dans la matinée des grands oulémas du royaume une fatwa référençant la sourate II, verset 191 du Coran : « *Ne les combattez pas près de la Sainte Mosquée, à moins qu'ils ne luttent contre vous en ce lieu même et, s'ils vous combattent, tuez-les car tel est le châtiment des incrédules* ». Les insurgés résistent, arcade par arcade, couloir par couloir, cave par cave, à la prise de la Mosquée. Les assaillants sont repoussés à nouveau.

En Iran, l'ayatollah Khomeini, qui a renversé le régime du Shah le 11 février 1979, installant la théocratie des ayatollahs, affirme lors d'une émission radiodiffusée que les États-Unis sont à l'origine de la prise d'otages. Cette rumeur se propage très rapidement dans l'Islam. À Islamabad, le 21 novembre 1979, dès le lendemain de l'attaque, une foule en colère prend d'assaut l'ambassade américaine et la brûle complètement. Une semaine plus tard, une émeute à Tripoli y incendie l'ambassade américaine.

Le roi Khaled appelle au secours américains et français. Le président Valéry Giscard d'Estaing envoie, dès le 23 novembre, par avion Falcon spécial, un commando composé de trois gendarmes du GIGN commandé par le capitaine Barril, commando accompagné de membres du SDECE. Les français sont, formellement, convertis à la hâte pour pouvoir accéder à la Mecque, lieu interdit aux non musulmans. On envisage un temps de noyer les caves où se sont retranchés les terroristes pour les électrocuter avec un câble à haute tension. L'injection de gaz incapacitant, du CB (chlorobenzylidène malononitrile), apporté par le GIGN, dans les souterrains où sont retranchés les terroristes, par des trous perforés dans les dalles de béton, aura raison de l'insurrection.

Dans la nuit du 4 au 5 décembre, Jouhaymane Al Otaibi et cent soixante dix de ses partisans se rendent. Officiellement, cent soixante dix sept rebelles sont morts dans les combats, dont l'éphémère Mahdi, tandis que les forces de l'ordre auraient perdu cent vingt sept hommes. Les pertes réelles sont probablement bien supérieures des deux côtés. On ne connaîtra jamais le nombre exact de pèlerins tués lors des assauts.

Les insurgés survivants sont soumis à la question par les services de sécurité saoudiens. Le 9 janvier 1980, soixante-trois décapitations ont lieu dans huit villes d'Arabie Saoudite.

Ahmed al Rusaed, saoudien, issu d'un clan réputé loyal aux Al Saoud, fut l'un de ces rebelles décapités le 9 janvier 1980. Son frère, Saad al Rusaed membre de la Garde nationale, qui a participé à l'assaut, contraint et forcé, jura de le venger en tuant un membre de la famille royale des Saoud, sang pour sang.

Ce que révèlera l'enquête c'est que, loin de la thèse officielle, la prise de la Mecque n'a pas été organisée par un ennemi extérieur mais par des saoudiens. Le chef de l'insurrection et instigateur du complot, Jouhaymane Al Otaibi, a servi de 1955 à 1973 dans la Garde nationale, la garde prétorienne des Al Saoud. Il est issu du clan Al

Otaibi, une importante famille du Najd, qui avec le clan Qahtani dont est issu le prétendu Mahdi, par ailleurs son beau-frère, rejoignirent l'Ikhwan, le groupe de bédouins fanatiques qui soutinrent Ibn Séoud dans sa conquête du trône saoudien en 1902. Les tribus Al Otaibi et les Al Qahtani se révoltèrent ensuite en 1929 contre le roi Abdelaziz ben Abderrahmane Al Saoud, dit Ibn Séoud, qu'elles jugeaient apostat à la vraie tradition musulmane, mais elles furent battues lors de la bataille de Sabilla où le Sultan bin Bajad Al Otaibi, grand-père de Jouhaymane, trouva la mort.

Mohammed Al Qahtani, le prétendu Mahdi, est par sa mère, apparenté aux Quraysh, la tribu du prophète. Son prénom, Mohammed, est le bon et la date choisie, symbolique, pour frapper l'imagination des croyants, selon le stratagème de Jouhaymane Al Otaibi qui avait écrit trois ans auparavant : « Même un faux Mahdi vaut mieux qu'un faux imam ».

Les services de sécurité saoudienne, obnubilés par le risque d'irrédentisme chiite dans le royaume, ont complètement manqué à la surveillance de Jouhaymane qui, après avoir démissionné de la Garde nationale, était devenu, à l'université islamique de Médine, l'élève et le disciple de

Cheikh Abdelaziz Ibn Baz, le principal chef religieux d'Arabie Saoudite, un intégriste qui professait que la Terre est plate. Jouhaymane s'affilie alors à la cellule médinoise du groupe salafiste Al-Jamaa Al-Salafiya Al-Muhtasiba présidé par le même Ibn Baz, groupe ultra-orthodoxe qui publie des pamphlets contre la famille régnante lui reprochant d'introduire, sous la pression occidentale, des Bid'ah (innovations) impies : le travail des femmes, la télévision, les shorts des joueurs de football ou encore l'image du roi sur les billets de banque.

Arrêté l'été 1998, avec une centaine d'activistes, le futur rebelle sera libéré sur l'intervention de Cheikh Abdelaziz Ibn Baz, son mentor.

Mahrous Ben Laden, frère de Oussama Ben Laden, le futur fondateur d'Al-Qaïda, qui aurait aidé les rebelles à introduire des armes en utilisant des camions du Saudi Binladin Group (SBG), un leader mondial du bâtiment et de placements financiers, qui conduisait des travaux sur le site, fut arrêté. Mahrous ne sera pas décapité mais libéré de prison en raison des liens étroits unissant les Ben Laden et la famille royale des Saoud. Mahrous, repenti, rejoignit les affaires familiales. Il fut même nommé à la tête de la branche de Médine mais aurait été tenu à l'écart de la direction du groupe car jamais complètement pardonné par le trône. Mahrous remplissait toujours ces fonctions de direction lors du 11 septembre 2001.

Si le Conseil suprême des oulémas, dirigé par Ibn Baz, donna raison au régime saoudien et condamna les insurgés, il obtint, en échange, une série de mesures contre la timide libéralisation qui s'était amorcée en Arabie saoudite.

La levée en masse des musulmans contre le régime saoudien espéré par Jouhaymane ne s'est pas produite mais l'attaque de la Mosquée de la Mecque a semé le grain du terrorisme islamiste :

- le régime, soucieux de répondre au risque de prosélytisme des ultra-orthodoxes, donna en effet des gages aux imams tenants d'un wahhabisme sans concessions mais sans réussir à éteindre la critique en pureté religieuse qui fit résurgence le 13 novembre 1995 lors de l' attentat contre la Garde nationale saoudienne à Ryad, action attribuée à Al-Qaïda; Al-Qaïda, armé par les EU et l'Arabie saoudite lors de la guerre contre l'occupation soviétique de l'Afghanistan de 1979 à 1989, s'était retourné en effet, après la défaite soviétique, contre ses anciens soutiens quand les EU décidèrent de faire obstacle à la prise de pouvoir des talibans alliés d'Al-Qaïda, sans pour autant soutenir le Commandant Massoud, jugé plus acceptable, lequel Massoud sera assassiné par des membres d'Al-Qaïda se prétendant journalistes, le 9 septembre 2001,

- le régime saoudien laissera le clergé wahhabite se livrer au prosélytisme religieux en formant des imams salafistes envoyés ensuite en missionnaires dans et hors le monde musulman,

- l'Arabie saoudite servit de terre d'exil aux Frères musulmans chassés d'Egypte par le régime de Sadate, lesquels se vengèrent en l'assassinant le 6 octobre 1981,

- la présence de non Saoudiens, des Egyptiens, des Yéménites, des Koweitiens, des Irakiens, des Soudanais et même deux Afro-Américains (l'un fut tué, l'autre extradé), dans les décapités, témoigne dès 1979 de la diffusion au monde musulman du terrorisme islamiste salafiste,

- Mohammed Islambouli, frère de l'assassin du président Sadate, et futur membre des réseaux d'Al-Qaïda, était à La Mecque au moment des événements et en rapporta le livre d'Utaybi, distribué aux pèlerins bloqués dans l'enceinte sacrée durant les premières heures des événements,

- la compromission d'un membre de la famille Ben Laden dans l'opération anticipe sur la création d'Al-Qaïda par Oussama Ben Laden que des membres du mouvement d'Utaybi rejoignirent.

L'année 1979 fut ainsi une année charnière dans le développement du terrorisme islamiste, année ouverte, le 11 février 1979, par la prise du pouvoir de l'Ayatollah Khomeiny en Iran et clôturée par l'entrée des soviétiques, le 24 décembre 1979, en Afghanistan, provoquant le soutien des Etats-Unis et de l'Arabie Saoudite aux moudjahidines d'Al-Qaïda et ce jusqu'à la capitulation russe en 1989.

Si Nayef Al Saoud, le ministre de l'intérieur saoudien fit un communiqué soulignant le courage lors de l'assaut de gardes issus du clan Al Otaibi, il décida néanmoins de remplacer la Garde nationale saoudienne par une nouvelle garde personnelle triée sur le volet. Ce que Nayef ignorait c'est que le cousin de l'un des rebelles, membre de la garde ayant participé à la contre-attaque, choqué par la répression sanglante et sensible à l'appel des insurgés pour un islam purifié, décida de le venger en abattant un membre de la famille royale des Al Saoud. Recruté parmi la nouvelle garde prétorienne du roi, Saad al Rusaed adhéra en secret aux Frères musulmans et escalada un à un les échelons de la hiérarchie jusqu'à devenir le garde personnel du roi. Ce que Rusaed ignorait c'est que le chef de la cellule des Frères musulmans à laquelle il avait adhéré ferait allégeance, sans le dire, au Calife autoproclamé Ibrahim, Ibrahim Awad Ibrahim Ali al-Badri qui s'autoproclamera Calife Ibrahim sous le nom de Abou Bakr al-Baghdadi al-Husseini al-Qurashi le 29 juin 2014.

Le régime saoudien nourrit ainsi, une vipère aspic, en son premier cercle, cachée dans la garde rapprochée du monarque, comme dans un couffin de dates, un de ces couffins qui avaient servi à dissimuler les armes introduites par les insurgés avant l'assaut et leur avaient permis de tenir un siège de plus de dix jours. Le serpent allait attendre trente-sept ans pour piquer.

En juin 2015, date du début de notre récit, le colonel Saad Al Rusaed avait fait une brillante carrière. Il commandait la garde privée du roi Salmane ben Abdelaziz Al Saoud et à ce titre devait se rendre avec lui à Paris pour le défilé du 14 juillet 2016 à l'invitation du Président Hollande, lequel était soucieux de conforter les relations déjà excellentes avec l'Arabie saoudite.

Le Président François Hollande avait été en effet le premier Chef d'Etat occidental invité d'honneur au Conseil de coopération des pays du Golfe du 27 mai 2015, à l'invitation du descendant d'Ibn Saoud, un signal clair de mécontentement à l'égard de l'allié américain, jugé trop timoré dans son opposition au régime de Bachar al-Assad. Cette invitation venait mettre un point d'orgue à la signature de la vente, le 16 février 2015 de 24 avions Rafale à l'Egypte, pour 5,2 milliards d'euros, coût largement financé par l'Arabie saoudite et, le 4 mai 2015, de 24 avions de combat Rafale au Qatar pour une valeur de 6,3 milliards d'euros.

2 - Orchard מבצע בוסתן

En 2006, un officier de haut rang syrien, en voyage à Londres, prit une chambre dans le quartier de Kensington. L'homme laissa imprudemment son ordinateur portable dans sa chambre. Le Mossad força la porte et copia le contenu du disque dur. Les Israéliens découvrirent les plans du complexe nucléaire d'Al Kibar, dans la province syrienne de Deir ez-Zor, avec le calendrier des à diverses phases du projet et une foule de données techniques. Sur l'une des images, le Mossad remarqua la présence d'un Asiatique aux côtés d'un Arabe. Les deux hommes furent identifiés comme étant Chon Chibu, l'un des experts nucléaires nord-coréens les plus éminents, l'autre était Ibrahim Othman, le directeur de la commission de l'énergie atomique syrienne. Une vidéo prise à l'intérieur de l'installation secrète, montrait, selon certains experts américains et israéliens, un réacteur nucléaire sur le modèle de celui de Yongbyon en Corée du Nord. Cette vidéo rendue publique par la CIA en 2008 et présentée aux Nations-Unis ne convainquit alors pas tous les experts mais décida Israël à frapper de manière préventive.

Le 6 septembre 2007, à 12:40, l'armée de l'air israélienne détruisit à Deir ez-Zor un immeuble que le Mossad soupçonnait d'abriter le réacteur nucléaire à but militaire Al-Kibar. Dix ingénieurs nord-coréens auraient été tués dans l'attaque. Le Wall Street Journal du 19 septembre titra « Osirak II ? » par référence au réacteur irakien détruit par Tsahal en 1981. La Syrie déposa une plainte auprès des Nations Unis pour le raid qu'Israël refusa de confirmer ou de nier. Au-delà de cette protestation formelle, la Syrie adopta ensuite un profil bas suite, ne faisant aucune déclaration publique sur le bombardement largement publié dans la presse généraliste et commentée alors abondamment par les spécialistes militaires.

Deux semaines après l'attaque, Pyongyang démentait toute coopération avec la Syrie. Quant à l'AIEA, elle ne confirma pas la présence d'une centrale nucléaire sur le site détruit.

Les spécialistes de guerre aérienne et électronique analysèrent la tactique israélienne pour esquiver la défense anti-aérienne syrienne. Depuis la guerre des Six Jours, la Syrie avait en effet déployé, avec l'aide des soviétiques, une des plus puissantes capacités anti-aérienne du Moyen-Orient. La neutralisation des capacités syriennes débuta par le brouillage électronique puis la destruction, par des bombes à guidage laser ou par des missiles antiradars Harm, du radar syrien situé à Tall al-Abuad près de la frontière turque. Cet destruction du radar permit aux F-15 d'escorte et F-16 d'attaque au sol, appareils non-furtifs, de rester aussi indétectables que possible durant leur trajet aller et retour. Immédiatement après cette attaque initiale de pénétration, la quasi-totalité des stations radars syriennes fut désactivée pendant plusieurs minutes. Cette aveuglement des stations radar fut rendue possible par la grande centralisation, typiquement russe, de la configuration du dispositif syrien et l'usage des bandes HF et UHF, vulnérables au brouillage par déception et cyber piratage. L'IAF (Israel Air Force) recourut à la technologie « Suter », au départ un outil développé par BAE Systems, et notamment intégré dans les drones. Un avion israélien Gulfstream G-550 Etam ELINT, dédié à la guerre électronique, localisa précisément les émetteurs radars syriens, intercepta les signaux inhérents et les renvoya à leurs sources en injectant des flux intoxicateurs de données. Ces données irriguèrent ensuite la boucle interne de surveillance anti-aérienne et établirent une « liaison toxique » qui permit aux Israéliens de littéralement « corrompre » la surveillance anti-aérienne syrienne et de falsifier ou d'effacer la signature radar des F-15 et F-16 de l'IAF. Confiants dans le secret entourant la centrale nucléaire, les syriens n'avaient installé aucune DCA qui aurait pu faire repérer les installations par Israel. Le satellite israélien Ofeq-7, lancé le 11 juillet 2007, avait fourni des images avec une résolution multi-spectrale inférieure à 50 cm qui permirent de caler les guidages laser et GPS des bombes larguées faisant mouche à coup sûr contre l'installation nucléaire syrienne.

A 12:40 l'escadrille israélienne envoya au chef d'état-major de l'armée de l'air israélien, Eliezer Shkedi, le mot de code 'Arizona' indiquant le largage de dix-sept tonnes de bombes sur la cible. Shkedi informa immédiatement le Premier ministre Olmert, le ministre de la défense Ehud Barak et Tzipi Livni, la ministre des affaires étrangères qui suivaient l'opération dans un bunker dans l'hypothèse d'une réplique militaire syrienne qui ne se produisit pas. Le plan d'urgence en cas de guerre entre la Syrie et Israël n'eut pas besoin d'être activé, la Syrie ne se livrant qu'à des gesticulations diplomatiques.

Au-delà de la neutralisation de la centrale nucléaire syrienne, Israël avait, par ce raid aérien, adréssé un message 'fort et clair' à l'Iran. Israël n'hésiterait pas à frapper jusqu'en Iran si sa sécurité nationale était menacée.

Le Lieutenant-colonel Gilal Meyer avait été l'organisateur du raid de 2007. La réussite de l'opération lui valut une promotion éclair au grade de colonel et surtout une proposition pour commander la Sayeret Matkal – le commando de l'état-major, l'unité d'élite qui s'était notamment illustrée lors de la libération des otages israéliens sur l'aéroport d'Entebbe en 1976.

Gilal Meyer n'était pas un sabra. Ses parents avaient quitté l'URSS, Son père Eliezer était un mathématicien de génie qui avait obtenu la médaille Fields, le Nobel de mathématiques car il n'existe pas de Nobel de mathématiques, la raison, probablement légendaire, étant que Alphonse Nobel, l'inventaire de la dynamite, avait été cocufié par le professeur de mathématiques de sa maitresse, Sophie Hess. Le père, profitant de la libéralisation de la période Gorbatchev, avait pu se faire accompagner de sa femme et de son jeune fils, à un congrès de mathématiques à Vienne et de là, il était passé à l'Ouest. Il enseignait à l'université hébraïque de Jérusalem. Sa mère, Sarah, fille et petite-fille de rabbin, était une excellente pianiste et une talmudiste reconnue.

Gilal parlait couramment, outre l'hébreu et le russe, ses deux langues natives, l'arabe et l'anglais. Diplômé d'une maîtrise en physique nucléaire, il fut chargé d'une mission critique pour la sécurité d'Israël : la surveillance des programmes nucléaires secrets des pays arabes.

Le programme irakien, engagé avec le soutien de la France du Président Valéry Giscard d'Estaing, et de son Premier ministre Jacques Chirac, avait été émasculé par le bombardement par l'aviation israélienne du réacteur Osirak, surnommé « O'Chirac » par la presse israélienne, le 7 juin 1981. Les ambitions nucléaires de Kadhafi, conduites malgré la signature du TNP (Traité de Non Prolifération) avec l'assistance du Pakistan et de la Corée du Nord, n'avaient, grâce à l'opération occidentale de renversement du 'Guide de la révolution' en 2011, pas eu le temps de se concrétiser. La Syrie, féal de fait de l'Iran chiite, qui bouclait les fins de mois du régime alaouite et sauvé Damas des hordes islamistes par l'envoi de miliciens de la brigade Al-Qods et de soldats du Hezbollah libanais, restait, aux yeux d'Israël, une menace malgré l'opération Orchard. L'Iran restait la menace principale mais l'accord sur la démilitarisation du programme nucléaire iranien, obtenu à l'arraché, le 1er avril 2015, par un Président Barak Obama soucieux de justifier avant la fin de son second et dernier mandat son prix Nobel de la paix, décerné avec bien de précipitation le 9 octobre 2009, obligea le gouvernement de Benyamin Netanyahu à écarter, fort contre son gré, l'option militaire.

Israel qui avait tout fait pour compromettre et retarder le programme nucléaire iranien par des assassinats ciblés d'ingénieurs iraniens et l'infection des centrifugeuses par le virus Stuxnet, conçu de concert par le NSA et l'unité 8200 de Tsahal, actions toujours déniés par l'Etat hébreu, voyait tous ses efforts désavoués par l'allié américain qui pactisait avec le régime des ayatollah qui ne reconnaissait pas l'existence légitime d'Israel et armait à sa frontière le Hezbollah.

3 - Le soldat perdu

Jean Le Drenec avait cru à l'armée.

Gamin, le dimanche, il était fier de trottiner pour suivre le pas rapide de son père, son père, Gwenn

Le Drenec, maréchal des logis chef de la Gendarmerie, le 'margi' (maréchal-des-logis-chef) comme l'appelait ses subordonnés. Le grand-père aussi avait été gendarme. Cela semblait, chez les Le Drenec, dans l'ordre de choses de donner le fils aîné au service de la nation. Bretonne, la famille comptait aussi des recteurs chez les aïeux mais la religiosité des Le Drenec s'était émoussée avec l'affectation dans des compagnies de gendarmerie cantonnées en Provence - Alpes Côte d'Azur, pays sécularisé. L'armée avait pour politique de muter les gendarmes en dehors de leur pays natal; cela, certes, nuisait à leur connaissance du terrain mais les rendait, estimait la hiérarchie, incorruptibles à d'éventuelles accointances claniques.

Le père emmena Jean, dès ses dix ans, chasser la bécasse comme son père l'avait fait avant lui, et le père de son père. La bécasse, un gibier rare et difficile à tirer, qui partait au dernier moment, sous vos pieds, en volant en rase motte, de biais, qu'il fallait débusquer aux aurores glacées de décembre dans les landes humides. Jean tira ses premiers coups de fusil dés ses quinze ans, n'attendant pas l'âge légal du permis de chasse. Il se révéla un excellent tireur.

La mer manquait à Jean, épuisé par la chaleur de la garrigue de Carpentras où était affecté son père. Heureusement, il y avait les grandes vacances qu'il passait sur l'île d'Arz, chez la grand-mère Le Drenec.

Jean retrouvait ses copains d'une année sur l'autre. Les ramassages de palourdes, les mini régates sur les Hobie Cat, les pèche de nuit, interdites, à la foëne étaient autant de compétition entre garçons. Etait venu le temps des pelotages puis des amours. Les copains d'alors se disputaient les jolies filles de l'île, comptant les touristes comme un gibier saisonnier ne valant pas que l'on se fâche pour elles. Bretons, ils étaient, spontanément, sans réflexion, un peu écologistes, réfractaires aux autorités parisiennes, exaltés par le risque de la mer, snobant les terriens.

Grâce à son bac scientifique, Jean avait été incorporé comme élève sous-officier à l'école de gendarmerie de Tulle. Grand et costaud, il avait postulé après quelques années de service, d'apprentissage routinier, pour le corps d'élite de la gendarmerie, le GIGN qui l'avait fait tant rêver enfant. La sélection était drastique ; moins de un candidat sur deux cents était reçu au sortir d'une éprouvante série de tests physiques et psychologiques. Sa lignée gendarmique, une remarquable performance dans les épreuves sportives et son habilité au tir, l'avaient fait retenir malgré une réserve du psychologue qui avait noté une « fragilité émotionnelle, due à un besoin excessif de reconnaissance, trahissant un manque de confiance en soi ». Le colonel chargé de la sélection finale, était passé outre, mettant ce trait de caractère sur le compte de la jeunesse du candidat, alors âgé de vingt-trois ans, soulignant la notation très élevée du « sens du service » du candidat.

Le GIGN, c'était, pour Jean, un rêve d'adolescent. Les prouesses du capitaine Barril et du commandant Prouteau lors de la libération à Djibouti en févier 1976 des enfants pris en otage dans un car scolaire par des militants indépendantistes du Front de libération de la Côte des Somalis, ou lors de la mutinerie de centrale de Clairvaux en janvier 1977 ou encore lors de la prise d'otage à l'hôtel Feschi en février 1980 en Corse, avaient alimenté les conversations chez les Le Drenec , le dimanche autour de la garbure, sa mère ayant adopté les plats du terroir d'accueil, n'infligeant de breton que le far aux pruneaux au dessert. Son père, Gwenn Le Drenec, soutint mordicus les gradés du GIGN, lors de la polémique en 1982 sur les conditions d'arrestation des irlandais des Vincennes.

« Je voudrais bien les y voir, tous ces jean-foutre ! Si c'était eux qui devaient partir à l'assaut de terroristes planqués dans des immeubles piégés, ils seraient moins flambards, moi, je vous le dis ! » s'exclamait Gwenn Le Drenec en faisant chabrot.

La relaxe du commandant Prouteau prononcée dix ans plus tard, en janvier 1992, fut célébrée chez les Le Drenec comme une reconnaissance trop tardive de l'innocence du commandement du GIGN.

Les chauffards, les voleurs, les criminels et les terroristes constituaient la hiérarchie des ennemis publics, affirmait, péremptoire, le père : « Un chauffard, on lui retire son permis; un voleur, on le met à l'ombre; un criminel, on le met à la chaîne comme un chien enragé; un bon terroriste est un terroriste mort ! »

Jean avait pris longtemps tous ces mâles sentences pour parole d'évangiles. Et puis son père était tellement fier de lui depuis son intégration au sein du GIGN. Qu'il ne puisse pas s'en enorgueillir auprès des collègues, car les affectations devaient rester confidentielles pour des raisons de sécurité, restreignait malheureusement les célébrations au cercle familial.

Jamais le père ne demandait au fils quel avait été son activité passée mais il guettait secrètement, lors des déjeuners dominicaux, devenus trop rares, sur son visage les signes de fatigue. Jean qui avait été un adolescent enjoué était devenu un taiseux au corps sculpté d'un seul bloc de muscles.

Sa mère ne lui posait également aucune question. Il repartait chaque dimanche, docilement, avec le reste de far breton et une bouteille de cidre bouché, « du vrai, pas de la pisse d'âne » selon la scie du paternel. Ses camarades de chambrée bâfraient le far forn (breton) en affirmant, rigolards, que c'était « encore plus énergisant que les rations de dotation » et rotaient le cidre breton qui galéjaient-ils « faisait pisser dru ».

Non, ce qui préoccupait la maman de Jean, c'était son célibat. Jean avait aimé d'un amour désespéré une jeune femme diabétique. Leur idylle avait duré quatre ans. Elle était venue faire un stage aux Glénans, à Arz. D'une blondeur de Rubens, elle en avait les formes généreuses. Les garçonnes moquaient gentiment ses rondeurs. Jean, venu bavarder avec ses copains moniteurs au centre de voile, avait eu le coup de foudre. Son RS 500 étant parqué sur le terre-plein voisin, il croisait la belle flamande quand il descendait ou remontait son skiff lors de ses sorties en mer. Les deux timides se regardaient doucement, sans se parler. Le dernier jour du stage, les monos organisèrent un barbecue avec du punch. Rentrant son bateau, Jean fut invité à manger une brochette et boire un coup. Ils se croisèrent, cognèrent leurs verres en plastique. « Yer'mat ! » dit Jean qui lui expliqua que cela voulait dire « A la vôtre » en breton. Ils parlèrent, parlèrent sans fin, comme des noyés qui reprennent leur souffle. Quand il fallut se séparer, il lui prit la main, ouvrit sa paume et y écrivit au stylo son adresse mail en lui disant : « Voilà; tu m'écris si tu veux; c'est toi qui décides ».

Le frôlement doux de ses doigts sur sa main fut comme le plus doux baiser pour Justine, c'était son prénom, il ne connaissait même pas son nom.

"Deux jours plus tard, il reçut un mail si bref mais qui disait tant. « Je t'aime » écrivait, pudiquement, Justine.

Jean répondit : « Je t'aime ».

Leurs amours débutèrent ainsi et le désir fut beau et la tendresse immense entre ces deux êtres timides et si taiseux avec ce qui n'était pas l'autre. Ils riaient de se tenir la main, de simplement se regarder. Leur lit était un océan qu'ils peuplaient de tempêtes voluptueuses qui les laissait épuisés et sereins, sur le ressac de leur corps satisfaits. Seulement inquiets du plaisir de l'autre, ils voulaient donner avant de recevoir; leurs étreintes étaient longues, douces, prenant souffle comme une mer qui se forme.   « Beaufort 8 » disait en plaisantant Jean pour qualifier l'intensité de son plaisir, « Beaufort 11 » répondait en souriant Justine.

Et puis le diabète de Justine s'aggrava. Elle dut bientôt s'autoadministrer des injections d'insuline plusieurs fois par jour. Ils ne devaient plus faire l'amour, avait dit le médecin car cela pouvait provoquer chez elle un collapsus. Elle, plaisantant, disait qu'ils ressemblaient aux amants de Love Story.

« Fais-moi l'amour une dernière fois. Je mourrai dans tes bras » lui demanda-t-elle, mi rieuse, mi sérieuse, lors de ce qui devait être leur dernier week-end.

Jean ne s'était jamais pardonné de ne pas avoir accédé à sa demande et satisfait son ultime volonté. Par amour, il s'était refusé à elle ; par amour, il la perdit loin de lui.

Justine, devenue aveugle, passa les derniers mois de sa vie chez ses parents. Depuis, Jean vivait dans le culte morbide de Justine. Il cachait son insondable tristesse à ses parents. Justine et lui avaient voulu garder leurs amours secrètes, loin du regard blasé des gens normaux qui ne croyaient pas à l'absolu. « Fleur bleu », « un grand gars aussi sain encombré d'une malade », auraient moqué les gens raisonnables.

Ce que Jean ne disait pas non plus à ses parents, c'est que sa vie au sein du GIGN le décevait. « Le GIGN c'est comme l'arme atomique, moins on s'en sert, mieux on se porte » déclarait le Capitaine, chef de peloton, plaisantant leur inaction forcée. Pour ne pas rouiller les mécaniques de compétition de ce corps d'élite, le commandement enchaînait les trekkings de survie en pleine nature, les sauts en rappel sur des murs d'immeubles, les séances de tir instinctif. Mais Jean s'ennuyait sans oser se l'avouer.

Bien sur, il avait pris part à la mise hors d'état de nuire d'un forcené. Le type, qui faisait les trois huit, avait « pété une durite » selon le verbatim du capitaine. Epuisé d'insomnie par les pétarades des pots d'échappement trafiqués des mobylettes de quelques zonards qui faisaient un rodéo chaque jour sous la fenêtre de sa barre d'immeuble HLM , le type avait sorti sa carabine 22 Long riffle et tiré au dessus des têtes des jeunes. La balle avait éclaté le pare-brise de la BM' d'un dealer du quartier qui avait cru à une vendetta du ' clan des Moulins ', l'autre quartier HLM de Sarcelles. Le zigoto s'était extirpé de sa caisse avec une kalachnikov à la main. Les flics qui évitaient de venir patrouiller, la nuit tombée, dans la citée avaient demandé l'appui de la BAC, mais l'unité de Rambos était engagés dans une planque devant une banque qui devait, si l'indic' disait vrai, être cambriolée dans l'heure suivante. Le commandant du GIGN avait accepté d'envoyer un commando pour appuyer l'équipe de policiers au sol et neutraliser le tireur à la carabine. Dix gendarmes équipés de gilets pare-balles renforcés de plaques en céramique, le visage caché par des passe-montagnes noirs avaient débarqués dans la cité. Les locataires de l'immeuble de l'excité de la gâchette, aux fenêtres, malgré les consignes données par haut parleur par le commissaire de police, commentaient l'arrivée des fourgonnettes et voitures pie. C'était mieux que Fort Boyard ! Les gamins filmaient avec leurs smart phones. Les immeubles voisins avaient déversé des dizaines d'oisifs. L'apparition des vans noirs du GIGN provoquèrent une hola enthousiaste de la foule. On connaissait Robert Marchand dans le quartier; les pronostics sur l'issue du bonhomme divisaient la foule. Des paris se prenaient pour savoir si le type serait « fumé » par les keufs, se suiciderait ou, plus décevant, serait arrêté. On pariait aussi pour savoir combien de super gendarmes pourraient rester sur le carreau. La puissance de feu du GIGN leur donnait de l'avis très majoritaire un avantage décisif. « Ils vont l'enfumer comme un renard et puis le cueillir comme une fraise » affirmaient les titis d'un ton d'experts.

Le type se rendit après quelques heures et le GIGN remballa. Le spectacle n'avait pas assez duré au goût des jeunes désœuvrés. Le dealer, lui, s'était cassé depuis longtemps, bien avant l'arrivée des forces de police. Il reviendrait, à la nuit tombée, avec un pare-brise neuf récupéré dans une casse de voitures. Tout reviendrait dans l'ordre de la cité.

Jean était resté en rideau, en soutien derrière les fourgonnettes. Le boulot n'avait mobilisé que le négociateur et deux gendarmes en protection rapprochée. Pas très excitant au final même si les gars blaguaient fort en retour dans le car, roulant un peu trop les mécaniques. Jean se tenait, comme à sa coutume, à l'écart de ces conversations de corps de garde. Le machisme obligé, les galéjades à la testostérone le rendaient mal à l'aise. Depuis le décès de Justine, depuis la fin de ces oasis de tendresse où il se ressourçait, il ne se sentait plus faire partie de ce groupe d'hommes. Il luttait contre cette déshérence ; il avait peur du vide, de devoir faire face à sa vie sans but, dépeuplée depuis le départ de Justine ; il ne disait jamais sa mort. Les entraînements occupaient son temps, l'exigence de concentration maximale des exercices l'obligeait à ne rien penser d'autre qu'à la survie de son corps en milieu hostile. Perdre ce passe-temps, épargner à son corps les épuisements des séances sportives, le laisseraient, il le savait, face au précipice de sa dépression.

Mais la corde qui le rattachait au piton planté dans sa vie enrégimentée s'usait inexorablement.

4 – La chambre du fils

Le scandale des viols dont étaient soupçonnés des militaires français en Centrafrique heurta en Jean son respect pudique des femmes. Il lut, en cachette de son père, un livre à charge sur les dérives supposées du commandant Prouteau. Les super héros s'étaient mués en mercenaires à la solde de roitelets africains, écrivait le polémiste. L'extraordinaire épisode de la libération de la Mecque en 1979 quand le GIGN avait obligé à se rendre plusieurs centaines de terroristes murés dans les souterrains de la Mecque tenant des centaines de pèlerins en otage n'était pas que glorieux; des innocents avaient péri, mitraillés avec les terroristes, obligés de fuir les souterrains gazés par le GIGN. L'opération avait certes sauvé le prestige de la dynastie wahhabite, gardienne des lieux saints, mais qui étaient ces terroristes, quelle était leur motivation ? Perdants de l'histoire, ils étaient les méchants, mais n'était-ce pas trop manichéen ?

Jean, qui était ignorant de l'islam, prolongea sa recherche sur les circonstances occultées de la prise et de la libération de la Mecque par la lecture d'ouvrages sur le monde musulman. Cette recherche, au départ très académique, prit un tournant nouveau avec la rencontre d'un copain d'enfance lors des vacances de Toussaint 2013 sur l'île d'Arz : David Le Bihan.

Né à Rennes en 1989 dans un quartier 'difficile', un quartier d'HLM, peuplé d'une communauté musulmane et marqué par des incidents avec la police, David avait été endoctriné par des salafistes que l'adolescent se mit à fréquenter après le divorce de ses parents. David, converti sous le nom de Daoud, s'était initié à l'arabe, avait étudié le Coran, séjourné en Egypte. David/Daoud avait décidé de partir en Syrie le mois suivant rejoindre les rangs d'Al-Nosra, la branche syro-irakienne d'Al-Qaïda. Mais cela même son père l'ignorait n'ayant pas réalisé l'endoctrinement radical de son fils qu'il adorait.

David Le Bihan chercha à éviter Jean quand il le croisa dans la Grand rue du Bourg mais impossible de se manquer sur le caillou de quelques kilomètres carrés, peuplé, en basse saison, de moins de cent habitants et par deux milles bernaches. D'ailleurs, Jean vint à lui, le sourire aux lèvres, la main tendue.

- David, tu ne me reconnais pas ? C'est quand même pas à cause de ma coupe de cheveux ! blagua Jean qui, vêtu d'un jean élimé et d'une vareuse bretonne rose délavé, sortait du bar de la Marine.

- Tiens, Jean; Salut ! répondit l'autre, emprunté, en détournant le regard.

Jean, un peu intrigué, mais si heureux de retrouver son équipier de voile, lui tapa dans le dos et l'entraîna au café.

- Viens, on va se jeter un godet et tu me raconteras ce que tu deviens. Cela fait deux ans que l'on ne s'est pas vu. Je craignais que la mer ne t'ait pris dans un de tes convoyages de bateaux transatlantiques.

- Non, tu sais, j'ai arrêté la voile, répondit sobrement David.

- Sans char ! Toi qui voulais devenir skipper professionnel ! J'y crois pas. Mais qu'est-ce que tu fais de ton temps alors ?

- J'ai perdu deux ans à la Fac de Rennes à débuter une licence de socio mais j'ai lâché. Je vis chez mon père. Je bricole.

- Deux demi, Dominique ! commanda Jean au bistrotier.

- Non, un demi et une Perrier, rectifia David, à la surprise de Jean

- Tu ne bois plus ? Tu manges kasher maintenant aussi peut-être ? le charria gentiment Jean, car c'était une blague usée au sein de la bande, de plaisanter sur son prénom biblique qui tranchait sur les Gwenn ou Yann bretons ou Paul, Pierre et Jacques évangélistes.

- Kasher ? Non, halal, répondit du tac au tac David qui se mordit les lèvres de cette confidence.

Jean crut à une blague mais David était trop sérieux. Il détourna la conversation en trinquant sa mousse avec le verre d'eau gazeuse.

- Et toi, la vie de gendarme, ça te plaît ?

- Tu sais, on caserne, on cantonne, on campe, bref, on s'emm…quiquine pas mal. Mais chez nous on est gendarme de père en fils, un peu comme les curés, enfin je m'entends… La paye est pas terrible mais elle tombe tous les mois et à cinquante ans, la quille, je viens m'installer dans la maison de la mémé Le Drenec, je repeins ma plate et je pèche du soir au matin, comme dans la chanson de Trenet, version bretonne.

- Tout un programme… Bon, tu ne m'en veux pas mais j'ai promis à un pote de passer le voir. A une prochaine fois.

Jean n'avait plus jamais revu David. Il avait appris par Ouest France que David devenu Daoud avait passé les années 2011 à 2013 à apprendre l'arabe, étudier le Coran, faisant des voyages au Pakistan et en Egypte avant de devenir l'affidé d'un prédicateur algérien vivant en Belgique puis de faire le saut dans la clandestinité en rejoignant les rangs d'Al-Nosra en Syrie. Les américains l'avaient classé dans la liste des hommes à abattre car David/Daouch avait développé des compétences en explosif. La CIA l'appelait « le chimiste français ». Un drone l'avait explosé avec son pick-up, planqué derrière un mur où il se protégeait des snipers adverses. Il avait été repéré par son téléphone portable qui avait éclairé la cible; le drone était tombé à moins d'un mètre creusant un cratère d'un étage. Le père refusait de se désolidariser de son fils, déclarant qu'il ne croirait pas à sa mort avant d'avoir vu une photographie de son cadavre. Les restes du djihadistes français « éparpillés façon puzzle » auraient blagué les copains de chambrée de Jean, reprenant la fameuse réplique des Tontons flingueurs, reposaient sous les gravats d'un quartier d'Alep.

La mort de David Le Bihan troubla Jean Le Drenec. Comment un garçon comme lui, pas violent, bon camarade, avait pu basculer dans le radicalisme islamiste ? Cela dépassait l'entendement de Jean. Il alla visiter le père de David à Rennes.

Robert Le Bihan fut surpris de reconnaître Jean Le Drenec quand ce dernier sonna à sa porte. Il hésita à le laisser rentrer. Séparé, l'employé municipal, vivait seul. Il finit par le laisser entrer dans le séjour télé du F2. Dans la vitrine Conforama, une photo encadrée de David souriant en maillot de supporter de l'OM, le bras passé autour des épaules de son père portant lui une écharpe aux couleurs blanc et bleu, le cadre flanqué des coupes gagnées par David dans les tournois locaux de handball, formant une sorte d'autel au fils parti et donné pour mort.

« Alors tu enquêtes toi aussi sur David ? » lui demanda-t-il d'un ton rogue.

Jean resta interloqué un instant.

- Non. D'ailleurs, je ne suis pas en service mais en vacances. Et puis, je ne suis pas affecté à la compagnie de Rennes, je suis sur Paris. Je suis venu parce que David était un ami. Je voudrais comprendre pourquoi et comment il est devenu djihadiste.

- Moi aussi, je voudrais bien comprendre. Il fréquentait bien quelques barbus du quartier, de ceux qui se baladent en robe, sandales et crâne tondu mais de là à ce qu'il parte faire la guerre en Syrie... Je n'ai rien vu venir. Il me disait faire des séjours touristiques en payant avec l'argent gagné en allant bouger des caisses à la criée aux poissons. Je n'étais pas curieux. Je faisais bouillir la marmite mais c'est vrai qu'il avait changé. Il ne regardait plus les matchs de foot avec moi le soir. Il ne buvait plus de bière. On ne parlait jamais de politique à la maison. Voilà, les américains me l'ont tué. Je dis que je n'y crois pas mais je sais bien qu'il est mort sinon il m'aurait envoyé un mail pour me rassurer.

Pierre Le Bihan avait besoin de parler. Au boulot, on lui tournait le dos. Son ex-femme, la mère de David se disculpait en disant que le petit, laissé à la garde de son père, avait mal tourné, faute d'autorité paternelle. Le père ressassait seul sa peine, harcelé par quelques journalistes.

- David n'a rien laissé ? Aucun moyen de le contacter ? Il est parti comme ça du jour au lendemain, sans vous dire adieu ?

- Non, je pense qu'il craignait que, par peine et inquiétude, je le dénonce à la police et qu'on l'empêche de sortir du territoire français. Il a disparu un jour de novembre.

Le silence s'établit entre les deux hommes. Le mauvais café tiédissait dans la tasse de faïence épaisse. Le salon sentait la peluche poussiéreuse. C'était une tristesse d'hommes, lourde et muette. Au bout de longues minutes, le père sortit de sa torpeur peinée.

- Tu veux voir sa chambre ?

- Oui; non; enfin, pourquoi pas.

Le père avait gardé la chambre du fils intacte.

- Les enquêteurs ont demandé à fouiller mais j'ai refusé et comme ils n'avaient pas de mandat de perquisition, je les ai envoyé se faire foutre. Toi, c'est différent, tu étais son meilleur copain. Il y a quelques années encore, il me parlait de toi parfois, regrettant que tu sois parti en région parisienne. Tu peux regarder si tu trouves quelque chose qui nous permette de retrouver sa trace là-bas. Je te laisse, moi ça me déprime trop de rester dans sa chambre.

Jean regarda les murs nus qui portaient encore les traces des trous des punaises d'affiche de compétition de basketball et de filles sexy. Aucun objet de propagande islamiste, probablement pour ne pas alerter le père. Peu de vêtements, des fripes de sous-marques bon marché, Il découvrit un Coran français-arabe dans le tiroir du bureau. Dans le Coran, une feuille pliée, tomba à ses pieds. Sur la feuille, l'adresse internet de plusieurs sites à consonance arabe.

- Tu as trouvé quelque chose ? demanda Robert

- Juste un Coran, répondit Jean en lui tendant le livre saint qui portait une image de la Kaaba en quatrième de couverture.

Robert posa le livre sur l'étagère comme un ex-voto et raccompagna Jean qui lui scella la découverte de la feuille qu'il avait mise dans sa poche.

5 – Une vie après la mort

Dans le TGV qui le ramenait à Paris, Jean Le Drenec fit face à un dilemme. Son éthique de gendarme, membre du GIGN, corps d'élite de la gendarmerie, lui dictait de remettre cette liste de sites et de liens internet au capitaine à son retour à la caserne mais son cœur lui commandait de ne pas trahir l'ami égaré.

Ce fut sa première trahison. Le fil de sa conspiration se tissa naturellement ensuite. Par prudence, pour ne pas pouvoir être tracé, il alla dans un cybercafé où il ouvrit un compte Facebook sous un pseudo renvoyant à une adresse Gmail ouverte sous un faux nom et le numéro de téléphone d'une carte Sim prépayée carte acheté en liquide dans un kiosque de la gare Montparnasse, après s'être assuré qu'il n'y avait pas de caméras de surveillance.

Google search ne lui fournit pas l'url du site de l'agence de propagande de l'Etat islamique, Al-Hayat Media Center. Le moteur de recherche indiquait que "suite à une demande En réponse à une demande légale adressée à Google, nous avons retiré 1 résultat(s) de cette page. Si vous souhaitez en savoir plus sur cette demande, vous pouvez consulter le site ChillingEffects.org.

Al Hayat avait été créée à l'instigation d'un ancien rappeur allemand du nom de Deso Dogg converti en Abu Talha Al Almani.

En quelques clics, il retrouva les magazines et vidéos de l'agence de propagande islamiste, relayés sur des blogs amis tel http://jihadology.net/ qui revendiquait ainsi plus de 11000 suiveurs et postés sur le site de partage archive.org ou liveleak, ou encore justpaste.it. L'autocensure réticente des YouTube et autres Dailymotion, manifestement, ne faisait pas loi sur ces sites de partage. Tweeter publiait également des messages indiquant comment télécharger les publications de l'agence de Daech.

Les activistes des Anonymous publiaient des listes de compte de zélotes islamistes mais une noria de comptes nouveaux venait remplacer les comptes fermés. Les geeks de Global Vigilance for Syria faisaient de l'infiltration dans les réseaux djihadistes ? Les djihadistes se cachaient dans le darknet en utilisant les serveurs anonymisant les échanges comme Tor.

Al-Hayat Media, mise à l'index, repoussait en effet, comme les bras de l'hydre de Lerne, sous les noms d'Al-Furqan Media, Fursan al-Balagh Media, Asawirti Media, Al-Ghuraba Media... L'hydre de Lerne possédait selon la mythologie grecque plusieurs têtes, dont une immortelle, les têtes se régénéraient doublement lorsqu'elles sont tranchées, et l'haleine soufflée par les multiples gueules exhalait un dangereux poison, même durant le sommeil du monstre. Héraclès tua l'Hydre de Lerne en coupant ses sept têtes en même temps, sans quoi elles n'auraient cessé de repousser. La propagande virale, pandémique, de Daech échappait au contrôle.

Une citation du porte-parole de l'Etat islamique en Syrie, Abou Muhamed al-Adnani, fait office de ligne éditoriale, de motto : « Il n'y a pas de vie sans djihad » au site de l'agence qui reprenait les codes de communication occidentaux et les outils internet du monde libre pour appeler à sa ruine.

Jean téléchargea des éditions des IS Report, IS News et Dabiq (Dabiq la ville du combat ultime et victorieux de l'islam sur les Croisés dans l'eschatologie islamique). Les publications de l'Etat islamique étaient proposées en plusieurs langues dont le français. Les compteurs automatiques de téléchargements ou de vue dépassaient les dizaines de milliers.

Le gendarme regarda également des productions de Daech : le film « Flames of War » filmé à la Francis Ford Coppola qui exaltait les succès des combattants djihadistes, une vidéo qui montrait des distributions de bonbons à des enfants rieurs par des miliciens souriants, des centaines d'heures d'images déversées librement, sans censure autre que de rares avertissements, sur la toile. Jean était conscient des simplifications, des manipulations. Ces vidéos étaient de la propagande, il le savait, mais l'image des enfants syriens assassinés par les barils de TNT largués par des hélicoptères de l'armée syrienne, les cadavres de familles entières décimées par les attaques au gaz chlore par les armées loyalistes, les crimes du tyran Assad contre son propre peuple le bouleversaient. « Justine aurait pleuré aussi devant ces images d'enfants martyrisés » se disait-il.

Jean refusait la dialectique, selon lui simpliste, des médias occidentaux qui condamnait sur le même plan le régime baasiste et les djihadistes. Il voyait dans le combat des islamistes celui de la libération d'un peuple opprimé. Les images des foules acclamant l'entrée de combattants masqués de noir montés sur des pick-up, brandissant les étendards noirs frappés du sceau du Prophète, tout cela l'exaltait, malgré lui.

Ce qui troubla le plus Jean, ce furent les films campant des recrues militaires occidentales. La presse parlait de militaires partis combattre en Syrie dans le camp de l'Etat islamique. Le ministère de la Défense français admettait qu'une dizaine d'anciens militaires français combattait actuellement sous une bannière djihadiste en Syrie et en Irak, la plupart ayant rejoint les rangs du groupe État islamique. Une station de radio avait révélé en janvier 2015 ce ralliement, indiquant que l'un de ces militaires aurait « mis ses compétences militaires acquises sous le drapeau français au service d'un encadrement de jeunes djihadistes français ». Cet ancien militaire, selon le reportage, était l' « émir d'une katiba, active dans la région de Deir ez-Zor, d'une dizaine de combattants français qu'il a formés au combat.

Experts en explosifs, il formait des jeunes recrues, la plupart convertis, d'autres issus de culture arabo-musulmane. Et parmi eux, il y a des anciens de la Légion étrangère ou d'anciens parachutistes ».

Les média français qualifiaient ces recrues de 'soldats perdus'.

Selon ces articles, pour « prévenir les phénomènes de radicalisation dans nos armées », les effectifs de la DPSD qui mène des enquêtes en interne en liaison avec la DGSI auraient été augmentés avec le recrutement de 65 personnes. Le service comptait déjà près de 1.000 personnels chargés d'examiner notamment les dossiers de recrutement.

Le risque d'un attentat comme celui de la fusillade perpétrée dans une base militaire de Fort Hood au Texas, par Malik Nadal Hasan un américain d'origine palestinienne, psychiatre dans l'armée de terre qui avait fait treize morts et une trentaine de blessés en novembre 2009, était jugé sérieux par les autorités militaires françaises.

Jean visionna la vidéo du djihadiste, postée en avril 2014 sur le compte Facebook Syriatube intitulée : « Un ex soldat de l'armée française dans les rangs de l'Etat islamique ». On y voyait l'homme « avant » : un soldat français, coiffé d'un béret rouge, arme en main puis « après » : le même homme vêtu d'une tunique sombre, avec une barbe. Le «nouveau» djihadiste racontait être «français d'origine, avec des parents français, anciennement militaire dans l'infanterie parachutiste». Il raconte avoir « découvert l'islam » avant l'armée « car des frères dans mon quartier m'en parlaient ». Pour lui, la conversion djihadiste était « une vie après la mort ».

Le calme, presque la sérénité, de ce soldat perdu fit vaciller les convictions de Jean. La phrase « Une vie après la mort » prononcée par l'ancien Fusillier marin fit sourdement son chemin en lui. N'était-il pas mort lui aussi depuis la disparition de Justine ?

6 - Zamzam زمزم

Le lieutenant Malik Benamar de la DGSI était à peine revenu de son congés annuel passé en Bretagne, sur l'île de Bréhat où son beau-père se consacrait à la pèche que son supérieur, et ami, le capitaine Morel lui demanda de rédiger une note pour le Directeur sur le programme nucléaire syrien sur la période récente. « Inutile de rappeler le dossier Al Kibar / Orchard, il connaît ; parle des éventuels risques de dissémination lié à l'occupation de Deir ez-Zor par Daech, par contre » précisa l'officier.

Ce que Morel ne dit pas, mais que Malik comprit, c'était que son ami voulait lui ménager une reprise 'en pente douce' pour le laisser faire son deuil de ses parents assassinés par des inconnus mais en vengeance des enquêtes du jeune policier de la DGSI. cf Double feu

Malik ouvrit le dossier du service et se lança dans l'exercice de la note de synthèse visant à résumer en trois pages des centaines d'archives. Il compulsa le dossier en prenant quelques notes.

La Syrie, apprit Malik, conduisait un programme nucléaire secret depuis des années, programme financé par l'Iran dont l'ingénierie était apportée par des experts nord-coréens. La collaboration de la dictature laïque syrienne, de celle théocratique iranienne et de la dynastie communiste des Kim, trois Etats refusant les règles du jeu démocratique international, pouvait surprendre mais elle était logique.

La réunion de l'AIEA du 19 septembre 2012 vit une passe d'armes entre le représentant syrien reprochant aux pays occidentaux de soutenir l'accumulation d'un arsenal nucléaire israélien, poussant à une course à l'armement nucléaire au Moyen-Orient. Israël rétorqua, sans dénier nier ou reconnaître ses programmes nucléaires, que les programmes d'armes de destruction massives, notamment nucléaire, de la Syrie étaient eux connus.

Le 5 mai 2013, le centre de recherche de Jamraya, près de Damas, fut visé par un raid israélien meurtrier le 5 mai 2013.

En juillet 2013, six fonctionnaires de ce même centre avaient trouvé la mort dans une attaque au mortier menée par les rebelles qui combattent le régime, selon les médias officiels.

Le 20 septembre 2013, une résolution critiquant Israël fut repoussée de justesse sur intervention des Etats-Unis. Si elle avait été votée, cette résolution aurait obligé Israël à signer le Traité de Non Prolifération et à se soumettre aux inspections de l'AIEA.

Le 9 novembre 2014, cinq ingénieurs nucléaires furent assassinés à bord de leur bus dans la périphérie nord de Damas, près du centre de recherche scientifique où ils travaillaient.

Le Mossad, à son habitude, ne revendiqua aucune de ces attaques mais décida de saisir l'opinion internationale en faisant fuiter une information vers le magazine allemand Spiegel qui révéla, le 23 mars 2015, au grand public ce que les services secrets savaient : la Syrie avait engagé sous le nom de code 'Zamzam', un programme de recherche nucléaire, sur financement de l'Iran et par transfert de technologie de la Corée du Nord, sur un site secret proche de la ville de Qousseir, à seulement deux kilomètres de la frontière libanaise et bénéficiant d'une protection rapprochée du Hezbollah libanais.

Le nom du projet était symbolique. Zamzam est une source, miraculeuse pour l'Islam; Jaillissant à La Mecque, en Arabie saoudite, selon la tradition musulmane, elle aurait surgi, sur la volonté de Dieu, dans le désert pour sauver Hagar et son enfant Ismaël. Cette source est le puits du sanctuaire de la Kaaba. La redécouverte du puits, qui avait disparu ou avait été caché, est attribuée au grand-père du prophète Abd al-Muttalib. Depuis, et selon la tradition, cette source ne s'est jamais tarie.

Le bombardement préventif de 2007 par Israël des installations de Deir ez-Zor n'avaient pas dissuadé le régime de Bachar el Assad de poursuivre ses efforts pour se doter de l'arme nucléaire mais dans le plus grand secret. Les installations photographiées par satellite étaient situées près de la ville de Qousseir qui offrait l'eau nécessaire au refroidissement Selon ces informations, le régime syrien avait transféré vers le nouveau complexe 8000 barres de combustible naguère destiné au réacteur nucléaire clandestin dissimulé dans le site secret d'Al-Kibar, au milieu du désert, dans l'est de la Syrie, site détruit en 2007 par Tsahal lors de l'opération Orchard. L'AIEA évaluait à 50 tonnes le stock d'uranium naturel détenu par le régime de Damas, quantité permettant de faire 3 à 5 bombes nucléaire après enrichissement.

Des experts nord-coréens et iraniens seraient, à nouveau, impliqués dans le projet nucléaire Zamzam. Selon certaines sources, Chou Ji Bu Le chef de la délégation nord-coréenne travaillant sur le réacteur Al-Kibar, qui semblait avoir disparu en 2007, qu'on avait même donné comme victime d'une purge du régime, serait en fait resté en Syrie, prolongeant l'assistance coréenne au régime alaouite.

La puissante milice chiite libanaise du Hezbollah, soutien du régime syrien, en assurerait la garde du site sous la supervision des iraniens de la Brigade Al Qods.

Les Nord-Coréens avaient restauré, dès 2008, le système de refroidissement du réacteur de Yong-byon, violant l'accord signé à Pékin le 13 février 2007 et annoncé publiquement en avril 2013 avoir réactivé le réacteur qui avait, selon les experts, la capacité de produire 6 kilos de plutonium par an.

Des photos satellitaires circulèrent dans les salles de presse et les organisations internationales. La Syrie ne fit aucun communiqué de démenti craignant une opération de communication israélienne préparant une frappe préventive.

Certains experts considéraient le programme syrien comme un prolongement occulte du programme nucléaire iranien qui, poursuivi en secret et hors territoire iranien, échapperait aux engagements iraniens pris par l'accord de Vienne du 15 Juillet 2015.

Le dossier 'Nucléaire syrien' de la base de données de la DGSI comportait une mention liminaire suggérant de lire également les chapitres 'coopération et exportation de capacités' des dossiers à 'Nucléaire iranien', 'Nucléaire nord-coréen' et le chapitre 'neutralisation de risques nucléaires hostiles' du dossier 'Nucléaire israélien'.

La Corée du Nord avait engagé dès les années 80 un programme nucléaire en achetant, de son propre aveu, le savoir faire nucléaire du père de la bombe atomique pakistanaise, Abdul Qadeer Khan. Ce transfert mercenaire de technologie avait permis à la Corée du Nord, sous le règne de feu Kim-Jong-il de devenir en 2006 la neuvième puissance nucléaire mondiale. La Chine avait tenté, sans succès, de convaincre la Corée du Nord d'abandonner l'usage militaire du nucléaire en échange d'une dénucléarisation de l'ensemble de la péninsule coréenne. Les négociations entre le régime de Pyongyang et l'AIEA piétinaient depuis l'accord imposé par Pékin à son dangereux allié le 13 février 2007 qui prévoyait en contrepartie de l'arrêt des activités du réacteur nucléaire de Yongbyon, une aide économique et énergétique à la Corée du Nord, fermeture qui n'eut pas lieu. La Corée du Nord démissionna du Traité de non-prolifération nucléaire (TNP) en 2003 et souffla à nouveau le chaud en se livrant à un nouvel essai nucléaire souterrain en 2009 et en développant des missiles balistiques et par l'annonce du test réussi d'une bombe H en janvier 2016.

La coopération entre l'Iran et la Syrie se fait autour de la même filière technique du plutonium sur un savoir-faire pakistanais. En 2004, le docteur Abdul Qadeer Khan avait admis à la télévision, avoir vendu de la technologie, des équipements et du savoir-faire à la Corée du Nord, mais aussi à l'Iran de Khomeiny et à la Libye de Kadhafi.

L'Iran était engagé depuis 2003 dans des tractations avec l'AIEA et surtout avec le groupe "5+1" formé des membres du Conseil de sécurité plus l'Allemagne. L'enjeu pour l'Iran était d'obtenir la levée des sanctions économiques en obtenant le droit de développer des capacités nucléaires civiles. L'accord cadre signé le 2 avril 2015 était l'ultime marchandage iranien pour obtenir la levée immédiate et intégrale des sanctions économiques. Benyamin Netanyahou, le premier ministre israélien tenta, mais en vain, de faire bloquer par le Sénat américain l'accord par le lobbying de l'Aipac, le puissant groupe de pression pro-israélien à Washington.

La Syrie d'Assad avait, sans surprise, salué la signature de l'accord.

La prolifération nucléaire était pourtant la préoccupation majeure des gouvernements occidentaux.

Les israéliens n'avaient pas hésité, lors de l'opération Opéra, à bombarder le 7 juin 1981, préventivement, Osirak l'ancien réacteur nucléaire expérimental de 70 Mégawatts, situé en Irak dans le centre de recherche nucléaire d'Al-Tuwaitha au sud-est de Bagdad, réacteur construit par la France et destiné à des recherches civiles sur le nucléaire, le détruisant partiellement et tuant un technicien français. Les américains avaient fini le travail lors de la guerre du Golfe en 1991.

S'agissant de l'Iran, l'ancien Premier ministre Ehud Olmert avait accusé en 2013 son successeur Benjamin Netanyahu d'avoir dépensé près de trois milliards de dollars pour les préparatifs d'une attaque contre l'Iran qui n'a finalement pas eu lieu. L'ex-ministre israélien de la Défense Ehud Barak a affirmé, quant à lui, que trois projets d'attaques contre l'Iran, soutenus par lui-même et le chef du gouvernement Benjamin Netanyahu, avaient été bloqués par l'armée. Israël engagea, à défaut d'une guerre conventionnelle, une cyber-guerre, en infectant par le ver informatique Stuxnet en 2009-

2010 un millier de centrifugeuses iraniennes servant à produire de l'uranium enrichi. Le ver informatique, introduit par un simple mail, aurait été développée conjointement par le NSA américain et l'unité 8200 de Tsahal, responsable du renseignement d'origine électromagnétique et du décryptage de codes.

En décembre 2014, l'Etat islamique avait affirmé dans un tweet avoir fait entrer de l'uranium en Europe. Cette annonce n'avait été, à l'époque, ni confirmée ni démentie par les agences de renseignements occidentales.

La DGSI considérait le risque d'un attentat avec une bombe sale comme plus complexe, compte tenu de sa logistique, pour les islamistes qu'un attentat chimique, mais ne l'excluait pas, au même titre qu'une attaque biologique. Les attentats et tentatives d'attentat avaient été jusqu'à présent des attentats commis avec des armes classiques par des individus seuls ou en équipe de deux et, bien que très médiatiques, avaient fait infiniment moins de morts que ne pouvaient le faire un attentat avec une bombe chimique ou pire, biologique.

Les résultats connus en juin 2015 du projet Green Field conduit par les israéliens étaient venu minorer le risque attaché aux bombes sales. Les tests avaient porté sur 20 détonations impliquant entre 250 grammes et 25 kilogrammes d'explosifs conventionnels, avec une substance radioactive habituellement utilisée en imagerie médicale connue sous le nom de 99mTc (nom commercial, Cardiolite). La recherche avait révélé un rayonnement de haut niveau au centre des explosions, avec une dispersion par le vent de particules à un rayonnement de niveau létal. Le Centre de recherche nucléaire du Néguev évalua néanmoins que le danger posé n'était pas substantiel, et que le principal impact d'une telle attaque serait psychologique.

7 - Le transfuge iranien ای راذ ی هندمپ نا

Le Major-général Qassem Soleimani est un homme redouté des israéliens. Il commande la milice paramilitaire al-Qods (Jérusalem). Le site iranien d'informations Khabaronline.ir., à la suite d'un sondage conduit sur le site quelques jours avant le 21 mars 2015 (Nouvel an iranien), l'a élu 'homme de l'année' tant les photos du général engagé sur les fronts irakiens et syriens ont fait sortir de l'ombre cet homme puissant mais discret. Ses faits d'armes lors des batailles d'Amerli, d'Al-Anbar, Baïji et de Tikrit, ont rendu célèbre dans le monde entier son visage sérieux et sa barbe poivre-et-sel soigneusement taillée.

La milice Al Qods, fondée en 1990, deux ans après la fin du conflit irako-iranien sert de garde prétorienne au régime des mollahs et pourchasse sous l'autorité de la redoutée Vevak (police politique) les ennemis intérieurs et arme les alliés étrangers, formant notamment les miliciens du Hezbollah et soutenant le Hamas ; elle est accusée de commettre des attentats à l'étranger comme l'explosion du centre communautaire juif AMIA de Buenos Aires le 18 juillet 1994 qui fit 85 morts et 200 blessés. L'actuel ministre de la défense iranien Ahmad Vahidi qui dirigeait alors la force Al-Qods est recherché par Interpol pour son implication présumée dans ces attentats.

Qassem Soleimani a la totale confiance de l'ayatollah Ali Khamenei le guide suprême de la Révolution islamique. Le Major général coordonne l'engagement des pasdarans d'Al Qods en Irak et en Syrie, n'hésitant pas à aller lui-même inspecter les lignes de front. Il fut ainsi légèrement blessé le 22 novembre 2015 à al-Eiss, au sud-ouest d'Alep, lors de combats contre les rebelles au gouvernent syrien.

Un contingent de dix mille hommes de la force Al Qods engagé en Syrie, commandée par le général Mohammed Reza Zahedi, a été déployé autour de Damas pour assurer sa sécurité après la chute de Palmyre en juillet 2015.

Sous le couvert d'une intransigeance religieuse et le refus de la corruption occidentale affichés, le régime iranien laissait pourtant prospérer trafics et prébendes. Le colonel Ardashi Bassidi était l'officier de liaison du général Zahedi avec Hassan Nasrallah, le chef du Hezbollah libanais. Sa mission était notamment de faire passer des fonds secrets aux chiites libanais. L'essentiel de ces fonds provenait de la dîme prélevée par les services secrets iraniens sur le trafic d'opium provenant des plantations afghanes que les pasdarans laissaient transiter par l'Iran vers la Turquie et l'Azerbaïdjan. L'argent de la drogue servait à l'achat d'armement par le Hezbollah auprès des trafiquants turcs. WikiLeaks avait révélé l'hypocrisie de l'Iran qui affirmait lutter contre le trafic d'opium empruntant la 'route du Sud', via les provinces iraniennes du Khorasan ainsi que du Seistan et Baloutchistan iranien peuplés de sunnites d'ethnie pachtoune comme ceux afghans ou pakistanais. Selon les documents alors révélés, l'Iran, non seulement administrait les exportations d'opium afghan, mais transformait une partie importante de la morphine base en héroïne.

Les fonds secrets iraniens transitaient pour partie en liquide pour échapper à l'espionnage des américains et des israéliens soucieux d'évaluer la capacité militaire du Hezbollah. Ardashi Bassidi ne reversait qu'une partie des sommes qui transitaient en liquide par ses mains.

Le Mossad par ses agents en Turquie et des taupes au sein du Hezbollah libanais surveillait ces trafics s'assurant qu'ils ne permettaient de financer que des armes légères qui ne pouvaient porter atteinte à la sécurité de l'Etat hébreu. Les chefs du Hezbollah savaient qu'il existait une ligne rouge au-delà de laquelle Tsahal conduirait toutes opérations nécessaires pour détruire des armements 'sensibles ' comme des missiles sol-air, par exemple. A plusieurs reprises, Israël n'avait pas hésité à arraisonner, y compris dans les eaux internationales, des navires marchands transportant des armes destinées au Hezbollah ou au Hamas. Des commandos de marine israélienne avaient ainsi pris d'assaut en décembre 2015 le bateau de marchandise KLOS C en mer rouge à 1.500 kilomètres au sud d'Israel, entre l'Erythrée et le Soudan suspecté de transporter des armes pour la bande de Gaza.

Depuis 2013 un contingent mêlant des unités du Hezbollah et des Gardiens de la Révolution iraniens, occupait des positions à la limite du Golan envahi par Israël lors de la guerre des Six jours de 1967. Ces forces alliées au régime baasiste tentaient d'y contenir la progression des forces d'Al-Nosra.

Israël, sans le reconnaître, malgré les multiples preuves apportées, notamment par le contingent de l'ONU chargé de la surveillance de la frontière syro-israélienne, apportait un soutien logistique aux combattants d'Al-Nosra, la branche syro-irakienne d'Al-Qaïda. Les casques bleus de l'ONU, placés en observation sur la ligne de cessez-le-feu, avaient rapporté des discussions entre les miliciens islamistes et les soldats israéliens dans le no man's land entre la ligne «Bravo», du côté syrien, à la ligne «Alpha», du côté israélien. Ce soutien prenait notamment la forme d'accueil dans les hôpitaux israéliens de combattants blessés. Selon certaines sources, Tsahal aurait même fourni des informations tactiques à Al-Nosra facilitant sa prise de contrôle en août 2015 du poste frontière syrien de Quneitra. En contrepartie, Al-Nosra ne se livrait à aucun acte hostile envers Israël et informait le Mossad sur l'état des forces engagées dans la guerre en Syrie.

Le colonel Gilal Meyer fut informé de la présence occulte d'Ardashi Bassidi, protégé par une escorte de miliciens du Hezbollah et de pasdarans, à proximité de Quneitra. Ardashi Bassidi n'était pas un inconnu pour Meyer. Alors jeune lieutenant de l'armée iranienne, Ardashi Bassidi avait commandé, lors de la guerre Iran-Irak de 1980-1988, celle que les iraniens désignaient comme la 'Guerre imposée', une brigade dans les marais irakiens du delta de l'Euphrate, près de Bassorah. Il avait conduit plusieurs assauts suicidaires à la tête de Gardiens de la révolution iranienne qui se firent broyer par la mitraille irakienne. Sa bravoure et son fanatisme lui avaient valu une promotion rapide et une fiche dans l'annuaire du Mossad des officiers iraniens HiPo (high profile) à surveiller. Meyer, doué de l'hypermémnie paternelle, avait mémorisé la biographie du colonel iranien. Ce que le Vevak ne savait pas, mais que savait le Mossad, c'est que Ardashi Bassidi détournait une partie des fonds secrets haschichins qu'il faisait virer sur un compte bancaire suisse via une officine turque. Meyer décida de faire chanter le colonel pour en faire un agent dormant.

L'unité 8200 de Tsahal, le NSA israélien, géolocalisèrent, grâce au satellite espion Ofeq 10, développé par Israel Aircraft Industry, un téléphone satellitaire Thuraya avec lequel l'unité Al Qods, en mission d'infiltration, communiquait avec l'état major iranien. Les conversations en farsi, étaient cryptées mais les experts israéliens réussirent à les décoder confirmant qu'il s'agissait bien du téléphone du colonel iranien. Meyer décida une opération risquée. Le satellite de communication israélien se cala sur la fréquence du satellite de communication Thuraya et envoya sur le téléphone de Bassidi un sms anonyme mais avec une pièce jointe. L'officier iranien, intrigué, ouvrit la pièce et découvrit avec horreur un fac-similé d'un ordre de transfert de 200 000 $ de l'officine turque sur son compte suisse. Ardashi Bassidi blêmit, son corps se couvrit d'une sueur froide à l'idée des tortures qu'infligerait la Vevak, à lui et à sa famille, afin de lui faire avouer ses complices.

Le lendemain, le colonel iranien félon reçut un second sms avec la seule mention d'un numéro de téléphone avec un indicatif libanais.

A vingt heures, Bassidi, sous prétexte d'aller rencontrer un agent turque, franchit la frontière, habillé en civil, avec un vrai faux passeport syrien. Il se rendit ensuite dans le souk d'Antioche où il acheta un téléphone portable et une carte prépayée. Il s'isola dans un coin désert du parc de la ville et appela le numéro anonyme, les tripes nouées par la peur.

Le colonel du Mossad, Gilal Meyer attendait tranquillement, depuis le matin, dans son bureau de Tel-Aviv l'appel du soldat corrompu relayé automatiquement du Liban sur son téléphone.

Le numéro appelé sonna puis décrocha. Silence de l'interlocuteur. Le colonel des brigades Al Qods demanda en anglais : « Qui est à l'appareil ? ». Une voix calme, avec un accent israélien, lui répondit : « Bonjour, colonel Bassidi ! ».

L'ancien héros de la guerre 'Défense sacrée' comprit qu'il était dans les mains du Mossad, regrettant déjà que ce ne soit pas celles de la CIA. S'il avait disposé d'une capsule de cyanure, il en aurait usé mais il devait choisir entre l'interrogatoire par les israéliens avec l'espoir de survivre et la mort certaine dans les mains de la Vevak.

8 - Deir ez-Zor Դեր Զոր

Hafez el Assad bombardait les civils syriens à coups de barils de TNT lâchés par des hélicoptères sur les marchés et les écoles. Le ciel syrien était abandonné à la barbarie du régime alaouite, les forces de la coalition occidentale refusant de livrer des missiles sol-air aux forces de l'ASL de crainte, arguaient-elles, qu'elles ne tombent aux mains des islamistes de Daech ou d'Al-Nosra. Les avions Awacs suivaient les attaques aériennes des armées loyalistes, dûment comptabilisées du haut du ciel. Le Réseau syrien des droits de l'homme, une ONG basée en Grande-Bretagne, estimait que 80 % des victimes militaires et civiles en Syrie, entre août 2014 et août 2015, avaient été tuées par des forces soutenant Bachar el-Assad, contre seulement 10 % par l'EI. Les drones américains faisaient des frappes chirurgicales de dirigeants islamistes, anéantissaient des centres de commandement, compliquaient les trafics entre la Syrie et la Turquie mais ne renversaient pas le cours de la guerre.

L'Etat de barbarie, selon l'expression de Michel Seurat, le journaliste assassiné en 1996 par le

Hezbollah à Beyrouth, ménageait l'Etat islamique, concentrant ses coups sur les rebelles démocrates.

Le 7 septembre 2015, la France annonça sa décision d'étendre ses frappes aériennes à la Syrie et lança ses premières frappes aériennes sur la Syrie le 27 septembre. Le Président Hollande se devait de prendre une position martiale face aux va-t-en-guerre français, l'ancien Président Sarkozy ayant affirmé le 18 septembre, avec aplomb, que la Syrie pouvait « être libérée en quelques mois ».

Les avions de l'opération Chammal, Mirage basés en Jordanie et Rafale basés dans les Emirats Arabes Unis dans le Golfe persique, étendirent leurs bombardements à la Syrie.

L'union nationale des partis républicains se fit un temps autour du gouvernement. La position intransigeante prise par le Président Hollande fit du départ de Bachar al Assad un préalable à la constitution d'un gouvernement de coalition pouvant inclure des éléments du régime al alaouite, déclarant fortement, à la tribune des Nations Unies, le 28 septembre, pour les soixante-dix ans de l'institution : « Assad est une partie du problème, pas de la solution ». La position du gouvernement fut soutenue presque unanimement, seules quelques rares voix dissidentes prônant au nom de la Realpolitik de pactiser avec la peste Assad contre le choléra Daech.

Le dimanche 27 septembre, cinq avions Rafale partis de la base d'al-Dhafra aux Emirats Arabes Unis, rejoints par un avion ravitailleur C-135, atteignirent à 7:30, heure locale, leur cible située à 1 500 kilomètres de la base de départ : le camp d'entraînement de l'organisation Etat islamique au sud de la ville de Deir Ez-Zor, dans l'est de la Syrie. Les bombes, dont des armes guidées AASM (armement air-sol modulaire) atteignirent leur objectif. Un avion Atlantique 2, servant de poste de commandement volant, suivit en temps réel le déroulement de la mission. Le nombre de combattants djihadistes tués lors du raid resta indéterminé comme la présence ou nom de recrues françaises parmi les victimes. La France invoqua l'article 51 de la Charte des Nations unies qui porte sur la « légitime défense », précisant qu'un Etat a le « droit naturel » de se défendre en cas « d'agression armée », jusqu'à ce que le Conseil de sécurité « ait pris les mesures nécessaires pour maintenir la paix et la sécurité internationales », pour justifier ses bombardements face aux attaques islamistes sur son territoire national. Quelques voix isolées contestèrent, de manière rhétorique, la légitimité juridique de ces frappes au regard du droit international.	L'opinion politique, elle, les approuvait.	Le Président Hollande déclara que la cible avait été complètement détruite et que l'attaque avait été sans victimes collatérales parmi la population civile grâce aux reconnaissances aériennes préalables.

En 1915-1916, Deir ez-Zor fut une destination majeure d'extermination durant le génocide des Arméniens.	Ville de Syrie située sur les rives de l'Euphrate, Deir ez-Zor,	capitale de la province du même nom, à 450 km de Damas était, avant la guerre civile, avec une population d'environ 133 000 habitants, une ville agricole prospère.

Deir Ez-Zor est un carrefour situé à 150 kilomètres de la province irakienne d'al-Anbar, fief de l'EI, et forme le verrou de l'Est syrien.	La ville a été conquise en 2014 par l'organisation Etat islamique mais l'aéroport militaire reste sous le contrôle de l'armée loyaliste.	Un millier de militaires syriens vivent retranchés autour de l'aéroport. Sa chute serait une perte majeure pour le régime.

Deir ez-Zor avait été conquise, une première fois, lors de la guerre civile syrienne en 2013 par le Front Al-Nosra et le Front islamique. L'Etat islamique les en chassa en juillet 2014, encerclant l'aéroport et la partie de la ville encore occupée par les forces loyalistes. Le renfort de 600 gardes républicains de la 104e brigade parachutiste sous le commandement du général Issam Zahreddine permit de sauver le réduit loyaliste face aux attaques répétées de l'Etat islamiste.

L'envoi en renfort de troupes de la 104e brigade parachutiste de la garde républicaine témoignait de l'importance stratégique de l'aéroport militaire. La garde républicaine syrienne est en effet commandée par Maher el-Assad, le frère de Bachar el-Assad. Avec un effectif est estimé à dix mille hommes, la garde républicaine est chargée de protéger la capitale Damas et les hauts fonctionnaires du gouvernement syrien de toutes menaces. Bachar el-Assad, colonel, eut le commandement d'une brigade, du temps d'Hafez al Assad, son père.

Surtout, le choix de par l'armée française de frapper Deir ez-Zor était un message adressé aux recrues françaises. Une katiba (brigade) d'une quarantaine de Français commandée par un djihadiste français, Abou Omar, un ancien militaire, surnommée «la Brigade des Français » car composée d'au moins quarante ressortissants français, était installée dans le quartier de Rouaich Saqar, katiba renforcée des recrues venant de Lunel, notamment Abdelillah, dit « Abdel le légionnaire » en raison de son service dans la Légion en Afghanistan.

Le bombardement de Deir ez-Zor, malgré la volonté affirmée de la France, de ne pas apporter de soutien militaire au régime d'Assad, vint alléger la pression de l'Etat islamique sur les forces loyalistes encerclées sur l'aéroport militaire.

Aucun commentateur des média ne releva alors que Deir ez-Zor était le lieu où avait été détruite par Tsahal lors de l'opération Orchard une centrale nucléaire en construction avec l'aide des nord-coréens.

9 - Anonymous contre Daech

Steve Keeg avait trois vies, trois avatars, trois jobs. Chargé de la sécurité informatique d'une grande banque française le jour, parce qu'il fallait bien vivre, il était haktiviste Anonymous la nuit et, à son corps défendant, corsaire du net pour la DGSI, depuis qu'il avait été piégé par un hacker   plus retors que lui.

Son job alimentaire, il l'avait obtenu en piratant le compte Twitter du DSI en lui postant le tweet suivant : « Pourquoi ne pas se rencontrer pour parler cyber-sécurité ? » Le DSI, un X de cinquante ans, avait été surpris de recevoir un jeune type en jean de vingt-cinq ans, aux allures d'étudiant paresseux mais qui lui avait démontré, par une intrusion réalisée en dix minutes à partir de son ordinateur portable connecté en wifi via son smart phone,   les failles du firewall de la banque qu'il avait payé quelques centaines de milliers d'euros à une SSII quelques mois auparavant.

Devant la mine déconfite du DSI, Steve commenta : « Vous savez, les Anonymous ont bien réussi à hacker le site Xbox de Microsoft et l'Etat islamique à défacer le compte Twitter du Centcom, donc ne soyez pas vexés mais,… il y a du boulot chez vous ! Votre firewall, c'est pas un mur, c'est une passoire ! »

Depuis, Steve venait chaque jour s'enfermer entre 10:00 et 17:00 dans une salle aveugle d'une tour de la Défense où il auditait en permanence la protection des systèmes critiques de la banque, analysant les attaques bloquées. Travail de Sisyphe car le DSI, cédant à une mode, avait accepté le Byod, autorisant les collaborateurs à utiliser leurs propres portables au bureau, et donc à déverser des tombereaux de virus dans le réseau local privatif que lui, Steve Keeg, devait extirper avec l'épuisette des anti-virus comme on tue les microbes avec de l'eau de Javel. Ce travail de bénédictin lui laissait le temps de lire les derniers bulletins d'alerte des Microsoft et autres Cisco et, en approfondissant son expertise des vulnérabilités dévoilées, à réfléchir à ses prochains modes d'intrusion car, la nuit, il continuait à hacker, malgré le risque de perdre son job, comme un joueur qui ne sait pas quitter la table de jeu à temps.

Pour protester contre le procès des Anonymous jugés au tribunal de Nancy pour avoir 'couché' le site de l'Andra, il participa, en représailles, à une attaque par déni de service (DDOS) contre le site du ministère de la justice, avec une dizaine de membres du réseau Ghost Security Group. Malgré l'anonymisation supposée inviolable de son adresse IP par le réseau Tor, un expert du service informatique de la DGSSI avait réussi à le repérer. Il ne savait pas comment et cela le faisait rager que les services de renseignement français aient réussi à briser l'anonymat de ce service supposé 'NSA proof' (hermétique aux écoutes de la NSA). Le projet Tor avait récemment dénoncé les tentatives d'intrusion conduites par le NSA avec le soutien des experts de Cambridge University; donc il fallait s'attendre à cette brèche, mais il avait été pris 'la main sur son clavier' à envoyer des requêtes en boucle sur l'adresse de la Chancellerie, requêtes qui avait fini par saturer le site, le rendant inaccessible pendant une demi-journée, le temps que le service en catastrophe ferme la page contact du site par laquelle était conduite l'attaque.

A l'heure de potron-minet, deux policiers en civil étaient ainsi venus le surprendre dans son bol de céréales, avaient procédé à la saisie de son ordinateur, avant qu'il ne puisse lancer un programme de destruction des dossiers pouvant l'inculper et l'avaient conduit dans un bureau de la PJ où un informaticien avait exigé ses mots de passe de déverrouillage pour procéder sans risque de piège logiciel d'autodestruction du disque dur, au dump de logs systèmes attestant de sa participation à l'attaque en déni de service du ministère de la Justice.

Le flic techos connaissait manifestement son boulot; il savait qu'un contournement des mots de passe, toujours possible, pouvait déclencher un logiciel d'encryptage voire d'effacement des données que Steve Geek aurait placé comme une mine anti-intrusion sur sa machine. Ces programmes en téléchargement libre sur le net étaient utilisés par les bons informaticiens pour interdire l'accès à leurs données en cas de vol de leur bécane.

Steve Geek dut signer un procès-verbal reconnaissant la validité des preuves de son forfait informatique et attendit la suite.

L'autre flic qui dirigeait l'interrogatoire, et avait attendu que les preuves soient avérées et reconnues, lui mit alors un marché simple en mains :

- Bon. Tu as le choix entre, collaborer avec nous dorénavant, ou finir comme tes petits copains au tribunal. D'ici là, tu perds ton boulot sans droit au chomdu, tu ne sais pas comment nourrir ton chat et, avec ton casier, tu peux te préparer à une longue carrière de bénévole des Anonymous.

- Qu'est-ce que vous voulez que je fasse ? demanda le jeune geek désemparé

- Tu continues à bosser au Crédit Girondin, tu continues à participer à la communauté de tes copains anonymes...

- Et ... ?

- ... et tu nous préviens des prochaines attaques de système institutionnels par votre bal masqué. Ah, j'allais oublier ; si d'aventure, ce dont je doute, vous autres, les carnavaleux, vous identifiez un compte pivot du réseau Tweeter de Daech, pas la piétaille des militants, un compte de commandement, tu me comprends, tu me fais en toute urgence un message avant que vous cassiez la baraque en publiant urbi et orbi le compte pour faire les malins.

Steve Geek ne fut pas surpris de la demande ultime du flic car, pour ce qui est des attaques, il y avait fort à parier que des taupes de la DGSI, comme de la NSA, étaient déjà infiltrés sur les forums 4chan et Futaba en écoute silencieuse tels des sous-marins nucléaires d'attaques tapis au fond des abysses du Darknet.

La DGSI refusait de collaborer avec les Anonymous malgré les offres de ces derniers de leur fournir des listes de comptes Facebook, Tweeter... ou de sites soupçonnés d'héberger des activités de prosélytisme islamistes. Les militants Anonymous balançaient donc les listes aux journalistes, avec force vidéos triomphalistes.

David Petraeus, ancien Directeur de la CIA, avait attesté de la valeur des données recueillies par les Anonymous dans la lutte contre le terrorisme mais la publication de ces listes était jugée doublement contre-productive par les services de renseignements occidentaux. Les comptes dévoilés, à peine fermés, étaient relayés par un compte backup (de repli) déjà prêt et laissé dormant jusque là. Les listes de diffusion de reroutage manuel et automatique de la propagande de Daech était à peine perturbée. Le réseau de comptes islamistes repoussait comme les bras de l'Hydre de Lerne. La restructuration permanente du réseau compliquait le travail de surveillance policière qui cherchait à remonter aux comptes pivot tout en surveillant l'activité des comptes relais. Les Anonymous pour la DGSI, c'était un peu comme un bon citoyen qui croyant bien faire, crierait 'Police !' au moment où la BAC se préparait à faire un flag faisant s'échapper les cambrioleurs.

Surtout, la traque des Anonymous avait conduit les islamistes à considérablement renforcer leur expertise pour rendre redondants leurs comptes relais, bunckeriser leurs comptes pivot et protéger leurs communications par le recours à des messageries garantissant l'anonymat comme Telegram, la messagerie russe.

L'ISIS OPSEC Guide (Guide des bonnes pratiques de sécurité informatique de Daech) diffusé en 2014 recommandait ainsi divers moyens pour protéger les contenus de ses communications et sa localisation à travers un grand nombre d'applications et de services connus pour offrir un haut niveau de confidentialité à leurs utilisateurs : le navigateur Tor (anonymat des adresses IP), Tails (OS), des services de messagerie chiffrée (Cryptocat, Wickr, SureSpot, Sicher ou encore Telegram), des services d'e-mails sécurisés (Hushmail ou ProtonMail), des moyens de protéger les communications mobiles (BlackPhone, LinPhone, Silent Circle), du chiffrement de volumes (TrueCrypt) ou encore du stockage de données dans le Cloud (Mega, SpiderOak). Y figurait également une application (Mappr) pour falsifier ses données de géolocalisation compte tenu de l'usage fait par les services de renseignement occidentaux pour repérer les cibles de leurs drones.

L'action du petit groupe d'hackers, notamment canadiens, de Global Vigilance qui se livrait à des infiltrations des comptes et des forums islamistes, était également regardée avec méfiance par la DGSI qui voulait contrôler ses sources d'information.

Les Google, Facebook, Twitter et autres majors de l'informatique américaine, mis en accusation par les gouvernements européens et l'opinion publique sur leur absence de sens des responsabilités dans la censure de la propagande islamiste, cherchaient une voie étroite pour limiter la diffusion via leurs plates-formes de contenus islamistes sans casser le modèle même des réseaux de communication ouverts.

Jared Cohen, le directeur de Google Ideas, avait ainsi publié, avant les attentats parisiens d'octobre 2015 sur le site de la revue américaine Foreign Affairs du Council on foreign relations, un texte intitulé "Comment marginaliser l'état islamique en ligne" où il proposait diverses actions coordonnées par les leaders du Net pour éradiquer les comptes pivots et repousser les propagandistes terroristes dans le darknet en empêchant le reroutage automatique des contenus problématiques par les robots. Steve Geek lut avec intérêt cette tribune, typique du civisme à l'américaine mais jugea certaines de ses propositions un peu simplistes. L'empêchement de l'échange de contenus portant sur Daech toucherait certes ses zélateurs mais tout autant les chercheurs et journalistes. Toute discussion comportant le mot Daech deviendrait suspecte. En fait, ce que Jared Cohen proposait c'est un modèle de 'grandes oreilles' à la NSA et une censure mondiale !

Steve Geek estimait, lui, que le risque de pousser les activistes islamistes dans le darknet et de rendre ceux-ci plus difficilement détectable, objecté par certains articles de presse, s'il était avéré, était mal posé. Les cyber experts de Daech appliquaient déjà les principes classiques de la clandestinité : au sommet quelques dirigeants, administrateurs de quelques comptes pivot, non publics, fonctionnant sur des listes fermées d'abonnés, en dessous un premier cercle de comptes qui recevaient en mode descendant le contenu à diffuser et ensuite une kyrielle de comptes publics 'tam-tam' reroutant à des listes d'abonnés qui provoquaient une diffusion virale, selon l'arithmétique exponentielle d'internet où les moteurs de recherche procédaient à des indexations et des reroutages automatiques non contrôlés. La toile était conçue pour être une vaste caisse de résonance globale, mondiale, sans coutures; elle transportait avec la même célérité bon grain et ivraie, savoir et propagande haineuse. Les Anonymous sabordaient des comptes visibles, des leurres.

Steve Geek visionna sans amusement les vidéos postées par les Anonymous sur YouTube, les authentiques et les nombreux fakes publiés par des activistes opposants. Il visionna ainsi une vidéo de Soral, piégé par un manifeste fake sioniste, vouant aux gémonies les Anonymous.

Rien à signaler d'intéressant non plus sur les forums fermés des Anonymous. Steve Geek envoya un message 'RAS' à CoinCoin, son officier traitant de la DGSI qui se dissimulait sous un avatar de canard sextoy sur la messagerie russe Telegram.

Il n'était qu'une heure du matin, Steve Geek ressentit le besoin de faire l'école buissonnière. Il brancha un autre ordinateur, se connecta via Tor et reprit la chasse engagée la veille pour détecter un compte djihadiste dormant qu'il avait décelé dans le darknet. Du braconnage, et du braconnage dangereux, il le savait s'il était repéré par les méchants (les islamistes) mais aussi par les gentils (les gendarmes).

10 - Dabiq دابق

Dans l'eschatologie islamique, Dabiq, ville syrienne proche d'Alep, sera le lieu de l'ultime victoire des musulmans sur les Croisés. L'Etat islamique a nommé Dabiq sa revue de propagande à destination des jeunes occidentaux. Le Drenec décida que le 14 juillet 2016 serait son ultime bataille, son Armageddon à lui.

Le Drenec, avait, à l'occasion d'une préparation militaire supérieure au sein du Rima de Vannes, découvert les techniques de transmissions, techniques qu'il avait ensuite approfondies en autodidacte, par la lecture d'ouvrages spécialisés. Ce savoir lui fut utile pour imaginer le dispositif de protection idéal que pouvait mettre en place la police sur le parcours du défilé du 14 juillet et, encore plus, autour de la place de la Concorde où se tiendraient les personnalités. Sur le papier, une attaque à l'arme de guerre était pratiquement impossible. Le bon fusil qu'était Le Drenec jugea impossible de dissimuler une arme de portée et de précision suffisantes pour toucher la cible distante de près de deux cent mètres, en tirant de derrière les barrières de protection du public massé à l'angle ouest de la place de la Concorde, seul angle de tir au vu de la tribune. Extirper, au dernier moment, mettre en joue et effectuer un tir de précision, peut-être bousculé, au milieu de la cohue infiltrée par de nombreux policiers en civil était presque impossible. Le jet d'une grenade à cette distance serait inopérant. Un attentat kamikaze avec une ceinture d'explosifs ferait, certes beaucoup de morts et un symbole de l'incapacité de l'Etat français à se protéger, mais dans la foule des anonymes, sans pouvoir atteindre, à cette distance, les vraies cibles, les dirigeants siégeant sur la tribune officielle.

Piéger la tribune était également irréaliste car les démineurs connaissaient leur métier.

Non, il fallait inventer autre chose, quelque chose auquel personne, aucun terroriste, ni aucun service de sécurité n'avait pensé. Mais quoi ?

L'usage de matériaux nucléaires pour faire une bombe sale était exclue pour l'attentat de la Concorde car aucun engin explosif n'était réalisable de moins de plusieurs dizaines de kilogrammes et il serait impossible d'approcher un tel engin du lieu du défilé tant il serait quadrillé par les forces de police.

La solution vint à l'esprit de Drenec après avoir visionné le film Good kill racontant les états d'âme d'un aviateur américain pilote de drone militaire frappant, dans le calme d'un bunker climatisé de l'Arizona, des présumés terroristes.

Puisque le survol et l'attaque par un drone militaire de la taille d'un Predator était hors de portée d'un mouvement terroriste et que l'on ne pouvait prétendre en détourner un selon la tactique utilisée le 11 septembre par Al-Qaïda qui avait transformé des jets commerciaux en bombes volantes, il fallait utiliser un drone de petite taille mais chargé d'une bombe à la fois légère et fortement létale. L'aéronef resterait le vecteur mais on moderniserait l'attaque du 11 septembre !

Le Drenec étudia pendant des jours les drones en vente libre sur internet car l'achat d'un drone professionnel très coûteux aurait pu attirer l'attention des services de police. Rien n'excluait en effet que la police exigeât, dans le cadre de l'état d'urgence, la communication de la liste des acheteurs de tels engins auprès des fabricants et détaillants. Il fallait utiliser un drone de loisir, apparemment inoffensif, un modèle du type Parrot, et l'armer d'une bombe, non pas conventionnelle, mais chimique ou bactériologique.

Le régime syrien avait assassiné au gaz sarin des centaines de femmes et d'enfants à Ghouta dans la banlieue de Damas le 21 août 2013. Le djihadiste français vit dans l'utilisation du gaz sarin pour venger les centaines de milliers de ses concitoyens, ou mieux vaudrait dire sujets, massacrés par la dictature alaouite, de justes représailles et un symbole efficace pour la communication du Califat.

Le régime syrien avait, contre toute vraisemblance, rejeté sur les rebelles le massacre de la Ghouta du 21 août 2013 malgré sa responsabilité avérée par des observateurs de l'ONU.

Les syriens, avaient, grâce au maquignonnage russe, donné, à l'été 2013, prétexte aux américains pour ne pas intervenir aux côtés de la France, en s'engageant à détruire leur arsenal chimique estimé à 1300 tonnes, et ce sous contrôle international, mais cet engagement avait été emporté par le développement de la guerre civile et les victoires foudroyantes de Daech.

Depuis l'armée syrienne se livrait occasionnellement à des attaques au chlore, y compris après la soi-disant destruction de l'arsenal chimique, suite à la résolution du Conseil de sécurité de l'ONU du 27 septembre 2013 votée sur l'instigation de la Russie. Ces attaques étaient niées par le régime ou rejetées fallacieusement sur les rebelles.

Le chlore provoque des inflammations mortelles des poumons et une mort rapide laissant les cadavres avec un teint rosé caractéristique. C'est un vecteur létal efficace, apprécia Drenec mais il fallait en utiliser de grandes quantités. Les hélicoptères syriens lâchaient des barils entiers de chlore du haut des hélicoptères sur les écoles et les places de marché.

L'armée loyaliste n'était pas la seule à employer les armes chimiques. L'OIAC avait dénoncé l'emploi de gaz moutarde par l'Etat islamique le 21 août 2015 lors de combats à Marea, une localité syrienne frontalière de la Turquie.

La prise de contrôle par Daech de l'est de la Syrie avait en effet mis dans ses mains des stocks de gaz chloré que Drenec aurait pu vouloir utiliser mais il lui était impossible de se charger d'un bidon suspect et prétendre se glisser ans la foule des réfugiés syriens. Il fallait que le gaz tueur soit efficace sous un très petit volume autorisant de l'emporter dans une fiole dissimulée dans son sac à dos de pseudo réfugié et d'échapper aux éventuelles fouilles lors du passage des frontières.

L'Etat islamique détenait également des stocks de gaz sarin.

Le gaz sarin est un neurotoxique cinq cent fois plus toxique que le cyanure. Il se vaporise et pénètre par les voies respiratoires ainsi que par la peau. Même à très faible dose (dix parties par milliard) il peut être fatal. Cette molécule que des chimistes amateurs peuvent synthétiser, a été rendu célèbre par son usage par la secte Aum japonaise le 20 mars 1995 dans le métro de Tokyo provoquant la mort de douze personnes et en blessant un millier.

La sale guerre syrienne rappelait les images de la première guerre chimique, celle de 14-18, initialisant l'usage de l'ypérite, ainsi nommé de par son premier usage à Ypres, plus connu sous le nom de gaz moutarde, mais aussi plus récemment l'usage massif par Saddam Hussein de ce gaz contre 150 000 kurdes et des centaines d'iraniens lors de sa Qādisiyyah (par référence à la victoire des Arabes contre les Perses en 636, la guerre irakienne de 1980-1988 contre l'Iran). La guerre chimique est une guerre bon marché.

Quelques fioles de gaz sarin avaient été récupérées à Deir ez-Zor dans un coffre, fioles que l'armée d'Assad en déroute n'avaient pas pris le temps d'emporter ni de détruire. Les fioles étaient enfermées dans un coffre-fort qui résista aux bombardements, mais était protégé par une combinaison connue du seul Commandant de la garnison syrienne lequel s'était enfui, parmi les premiers, abandonnant son uniforme pour un accoutrement de paysan, craignant de voir sa tête tranchée exposée sur les grilles du jardin public comme le montraient les vidéos de propagande de Daech de la prise de Mossoul. Le commandant fut découvert parmi les fuyards, ouvrit le coffre puis fut décapité sous les caméras d'Al-Hayat et sa tête empalée.

Le Drenec expliqua son plan à Abou Kassem, le responsable des combattants étrangers. L'émir apprécia l'inventivité du djihadiste français. L'EI avait récupéré des centaines de passeports vierges ; il lui fit faire un vrai faux passeport syrien et organisa son accueil et sa protection par un agent du réseau dormant lillois ; il ordonna enfin qu'il lui soit confié un échantillon du précieux gaz sarin.

Le Drenec imagina un moyen de dissimuler la fiole. Le fond d'une bombe de mousse à raser fut dessoudée proprement, un double fond y fut aménagé où fut logée, enveloppée de papier bulle pour ne pas risquer de se casser, la fiole. La fiole de gaz sarin, de la taille d'un échantillon de parfum comme en donnent les Sephora, ainsi dissimulée, était indétectable à la vue, ni par le poids, ni par un détecteur chimique, protégée hermétiquement scellée dans l'enveloppe d'acier de la bombe. Au pire, la bombe pouvait être confisquée et finir dans une décharge. Drenec avait prévu de suivre la voie terrestre des réfugiés, entrant dans l'espace Schengen par la Grèce puis les Balkans jusqu'à l'Allemagne d'où son passage en France incognito serait possible malgré les contrôles aux frontières renforcés par la France dans le cadre de l'état d'urgence.

11 – Armageddon Ἀρμαγεδών

La ligne 8 Balard-Créteil connait une brève accalmie entre 7:00 et 8:00, après l'affluence, à forte dominante africaine et maghrébine, de personnels d'entretiens, de nounous et de gardiens de nuit qui, embarquant dès la première rame 5:30, prolongeaient leurs nuits trop courtes d'un sommeil dodelinant, et avant la cohue des parisiens qui partiraient rejoindre leurs bureaux entre 8:00 et 9:00. A son habitude, profitant de ces basses eaux, le lieutenant Malik Benamar était arrivé dès sept heures trente à son bureau de la DGSI, boulevard Victor dans le 15e arrondissement de Paris.

Né de parents marocains arrivés en France dans les années 50, Malik était entré dans la police plus par choix alimentaire que par vocation. Sa maîtrise de la langue arabe dialectale que parlaient ses parents dans le cercle familial, et sa licence de droit, lui avait valu, dés la sortie de l'école de police, jeune lieutenant de police, une proposition de rejoindre la cellule 'Djihad' du service de contre-espionnage français que le ministre de l'intérieur Bernard Cazeneuve avait encore renforcé en urgence après les attentats de Charlie Hebdo et de

l'hypermarché Kasher du 7 et 9 janvier 2015. voir
Exposée, tome 1 de Djihad 4.0

Ce jeudi 15 octobre 2015 était un jour ordinaire, Malik commença sa journée de travail en lisant la note de service quotidienne confidentielle intitulée 'Mouvements terroristes islamistes' signalant les informations repérées depuis la veille par les services de surveillance français ainsi que ceux transmis par le NSA américain et le MI6 britannique. La coopération était étroite et confiante entre les trois services. La DGSI ne disposait pas des énormes moyens d'écoute des américains mais son recueil 'à l'ancienne', par des agents de terrain, d'information était très complémentaire de l'informatique US.

Les parents de Malik Benamar avaient été assassinés quelques mois auparavant par des tueurs stipendiés par des marchands d'arme. Son supérieur, le capitaine Morel, lui avait confié la surveillance des imams de France repérés comme les plus salafistes. La DGSI instruisait les dossiers des imams non ressortissants français en vue de l'expulsion des plus séditieux. C'était un travail long et minutieux, fastidieux même, qui ennuyait Malik mais Morel, qui était devenu son ami et était reçu comme un oncle par sa femme Madeleine et ses deux enfants Omar et Caroline, imposait ce travail de bureau à Malik, le temps qu'il fasse son deuil et se repose des éprouvantes enquêtes sur la filière djihadiste de Marcq-en-Barœul et sur l'assassinat de l'ambassadeur de la Syrie libre à Paris enquêtes où Malik avait failli perdre la vie. cf Exposée et Double Feu

Rien de majeur dans les nouvelles du jour. Quelques français fichés S, signalés sur les listes d'embarquement de vols en direction de la Turquie et refoulés par la PAF. Le tourisme battait son plein en Turquie; des milliers de français se précipitaient bronzer idiot sur les plages de la riviera turque ou visiter la Cappadoce. Les candidats au djihad non fichés n'avaient aucun mal à se glisser dans les groupes de touristes anonymes des tours opérateurs puis à prendre le maquis, une fois arrivés à Istanbul ou Ankara. Des passeurs turcs et syriens y organisaient le passage, pour quelques centaines d'euros, au choix, vers les zones du territoire syrien occupées par les milices de Daech ou Al-Nosra. Les gardes frontières turcs, dûment bakchichés, cogéraient ce business du transit illégal avec les mafias turques. Les candidats au départ souscrivaient des crédits à découvert auprès d'organismes de crédit à la consommation cupides qui finançaient à fonds perdus ces voyages sans retour. Ce financement était devenu si banal que la DGSI avait demandé à ces organismes qui s'engraissaient des fins de mois désargentées des victimes de la crise, de leur fournir la liste des débiteurs partis sans adresse pour les recouper avec les listes de passagers des compagnies aériennes desservant la Turquie. La DGSI exploitait également la liste des faux touristes ayant disparu sans explication à leur arrivée à Istanbul ou Ankara, touristes sans bagages que les agences déclaraient n'avoir pas repris leur vol retour à l'ambassade de France en Turquie. Les signalements sur le numéro vert 080 00 06 696 ouvert par les autorités françaises, par les proches, famille, amis, employeurs, des exilés volontaires fournissait également des noms que les ordinateurs de la DGSI ajoutaient à la liste des plus de deux mille français, en route ou présents, en Syrie dans les zones de combat. Ce nombre de diminuait pas malgré les premiers revers de Daech sous les coups de la coalition hétéroclite de pays occidentaux et d'Etats arabes, et de la coalition Iran-Syrie - Hezbollah libanais-Irak – Russie surnommée « 4+1 » par le Hezbollah (le +1). Plus de volontaires arrivaient, selon les services de renseignements occidentaux, sur les zones de combat qu'il n'en mourrait sous les frappes aériennes chirurgicales occidentales. Volontaires occidentaux endoctrinés mais aussi mercenaires musulmans attirés par la paye versée par Daech à des jeunes sans emploi et sans avenir. Seules les forces kurdes de l'YPG remportaient des victoires sur le terrain. Les armées de Hafez el Assad, décimées et démotivées ne tenaient plus que 'la Syrie utile' et les bastions alaouites grâce aux renforts des pasdarans iraniens et combattants du Hezbolah libanais. Les jeunes hommes syriens s'exilaient pour ne pas être contraints à aller servir.

Israël veillait, préoccupée de la sureté de ses frontières et inquiète devant le renforcement militaire de l'ennemi Hezbollah par l'Iran et la Russie. Le pourrissement de la situation en Syrie lui convenait. L'Etat hébreu soignait dans ses dispensaires, les soldats d'Al-Nosra qui avaient chassé les armées d'Assad de la ligne Bravo sur le plateau du Golan, la ligne de crête occupée par Tsahal depuis la guerre du Kippour, sous les yeux de quelques rares casques bleus indiens et philippins de l'ONU après le départ des casques bleus autrichiens et croates en 2012 suite aux enlèvements temporaires de casques bleus par diverses factions. Tsahal ne s'interdisait pas de porter des coups directs très ciblés à la Syrie et à ses alliés, Iran et Hezbollah libanais, quand ses intérêts vitaux étaient exposés. L'illustration la plus explicite en était l'assassinat, sur le plateau du Golan, le 18 janvier 2015, par des hélicoptères de Tsahal du général Mohamed Ali AllahDad et de deux hauts dirigeants du Hezbollah libanais : Jihad Moughniyeh, le fils d'Imad Moughniyeh, chef des opérations militaires du Hezbollah qui avait été tué dans un attentat à la voiture piégé en 2008 à Damas et le commandant Mohamed Issa, qui supervisait l'intervention du Hezbollah en Syrie. Le Hezbollah avait alors accusé Al-Nosra d'avoir servi d'informateur à Tsahal.

La Syrie d'Assad était, de facto, sous protectorat iranien, d'un Iran qui combattait sur tous les champs de bataille chiite, envoyant des pasdarans iraniens et des miliciens du Hezbollah à Tikrit en Irak, armant la minorité chiite houthiste qui menaçait de prendre le pouvoir au Yémen. Un califat iranien chiite de Beyrouth à Damas, Bagdad et Aden, le cauchemar des saoudiens et des roitelets du golfe persique, avait provoqué l'entrée en guerre de troupes saoudiennes sur le sol yéménite pour sauver le Président Abdo Rabbo Mansour Hadi, élu en 2012 au terme du Printemps arabe. La contre-offensive au Yemen de la coalition d'états arabes du golfe ne permettait pourtant que de fixer les forces, retardant la poussée des Houtis mais radicalisant plus encore les haines entre factions yéménites. AQPA soufflait sur les braises de la guerre civile et attendait son heure.

A 10:05, une alerte AFP clignota sur l'écran de l'ordinateur de Malik.

9:50 - Attentat au centre de Damas. Un camion piégé a explosé sur Almotahalik Ajnobi Street dans le quartier de Mazzeh à proximité du palais présidentiel.

Malik interrompit tout pour suivre, minute par minute, le fil AFP.

10:00 Le conseiller militaire de l'ambassade de France à Damas, l'honorable correspondant de la DGSE, indiqua par mail sécurisé qu'il tentait de se rendre sur place.

La confusion sur place était totale.

10:10 L'agence officielle syrienne Sana informa que le Président Bachar al Assad n'était pas dans son palais de Mazzeh mais dans sa résidence de Lattaquié et qu'aucune victime de l'attentat n'était à déplorer sauf le chauffeur kamikaze du camion.

10:30 Le correspondant de l'AFP indiqua que l'ensemble du quartier de Mazzeh était bloqué par la police et qu'important nuage de poussière aurait été observé par les habitants au dessus du camion explosé. Le nuage se serait éparpillé lentement poussé par un vent du sud.

10:40 L'AFP précisa que le nuage était parvenu jusqu'au dessus du palais présidentiel, à environ cinq cent mètres du lieu de l'attentat. Le nuage piquait les yeux des habitants leur faisant craindre à une attaque au chlore. La population paniquée tentait maintenant de fuir le quartier se heurtant aux barrages de l'armée qui verrouillait les rues. L'usage répété et documenté de bombes au chlore par le régime syrien contre les rebelles mais aussi la récupération de stocks d'armes chimiques par les mouvements islamistes avait affolé la population du quartier de Mazzeh. Les appels téléphoniques aux proches habitants d'autres quartiers de Damas répandirent la terreur dans la ville. Le nuage prit, par la rumeur, l'ampleur du nuage de Tchernobyl. Des centaines de voitures, de camions, de motos se précipitaient pour venir rechercher des proches habitants Mazzeh, contribuant à un embouteillage monstre sur les accès au quartier, quartier que les forces de police et l'armée tentaient de mettre en quarantaine. Les dignitaires du régime, qui fuyaient, ajoutaient à la confusion en forçant les barrages à grand renfort de klaxons, exhibant par les vitres baissées des limousines des cartes de service ou excipant des épaulettes de leurs uniformes. Mazzeh était devenu en moins d'une heure un ghetto dont il était impossible au 'vulgum pecus syrianus' d'entrer ou de sortir.

10 :45 L'agence Sana cessa de publier dans l'attente de l'évaluation des dommages et des éléments de langage par les autorités syriennes.

11:00 L'AFP nota l'arrivée de véhicules de l'armée spécialisés dans le déminage mais aussi la présence de techniciens équipés de tenue de protection NRBC. Des photos des équipes spécialisées, engoncées dans des scaphandres autonomes équipés de bonbonnes d'oxygène, circulèrent sur les réseaux sociaux provoquant un regain de panique dans les populations.

Les images satellites, et celles prises par les habitants et postées sur les réseaux sociaux, furent analysées par les services français, américains et israéliens qui s'accordèrent au vu de la couleur et de la forme du panache de fumée, pour écarter une attaque au chlore seul car les vapeurs de chlore sont incolores et le panache était formé de poussière ce qui attestait d'une explosion.

Jean Robert, l'attaché militaire français, était, entre temps, parvenu à proximité du quartier. Il avait emmené quelques instruments, notamment un compteur de rayonnements Geiger, et des récipients pour faire des prélèvements d'air. Par prudence, il avait revêtu, par prudence, un masque anti-gaz filtrant.

11:05 Le lieutenant-colonel Robert envoya un message crypté : taux de radiation nucléaire très élevé, diffusion possible de rayons gamma, évaluons un EEI, techniquement une bombe radiologique, plus communément appelée 'bombe sale'.

Les satellites militaires américains observèrent une activité nouvelle sur l'aéroport de l'ancien aéroport international réservé maintenant à un usage militaire Ce complexe, réservé aux apparatchiks du régime était gardé par la redoutable 4ème division de l'armée dirigée par le propre frère de Bachar el-Assad, Maher el-Assad. Des hélicoptères militaires opéraient des navettes avec l'aéroport international de Damas situé à trente kilomètres au sud-est de la capitale. La CIA évalua qu'il s'agissait d'officiels syriens que l'on évacuait en urgence par le voie des airs. Le régime abandonnait le quartier frappé par l'attaque terroriste, dans la panique, le mettant en quarantaine, enfermant les populations sans valeur à leur sort peut-être fatal dans le quartier contaminé.

Malik écrivit sur un bloc de papier les premiers éléments de l'attentat connus :
- attentat plutôt qu'explosion accidentelle
- attentat : faible explosion, dispersion d'un nuage toxique ?
- nature du gaz toxique ?
- rayonnements attestant d'un EEI
- pas (peu ?) de morts directs
- évacuation en urgence des VIP
- attentat suicide à la voiture piégée
- aucune revendication islamiste !?
- surprise complète des autorités qui semble exclure une provocation du régime malgré l'absence opportune du Président Assad en résidence à Lattaquié !?
- Evaluation : EEI, bombe sale, chimique, nucléaire ?
- quelle organisation de résistance dispose des composants d'une EEI : Daech, al Nosra, Armée syrienne libre ?

Après réflexion, il ajouta à sa liste de questions, par esprit de méthode :
-    provocation israélienne ?

11:25 Devant l'ampleur des mouvements de foule damascène paniquée, la télévision syrienne publia un flash d'information pour tenter de réduire l'ampleur de la rumeur. Un journaliste gourmé lut la déclaration suivante : « Un attentat terroriste à la voiture piégée a été perpétré aujourd'hui à 9:50 sur Almotahalik Ajnobi Street, dans le quartier de Mazzeh, à proximité du palais présidentiel. Aucune victime n'est à déplorer. L'explosion a provoqué un nuage de fumée qui a fait craindre une attaque chimique, provoquant des mouvements de panique. Il ne s'agit pas d'une attaque chimique. Nous répétons : il ne s'agit pas d'une attaque chimique. Les habitants du quartier sont appelés à rester chez eux le temps que le quartier soit sécurisé par les forces de police. Le quartier a été bouclé pour permettre la recherche d'éventuels complices du kamikaze ».

Le communiqué, nota Malik, n'apportait qu'une information factuelle certaine : il ne s'agissait pas d'une attaque au chlore ou avec un autre gaz de guerre. Les populations syriennes étaient trop bien informées des effets de ces attaques pour pouvoir être leurrées sur ce point. Mais le communiqué ne parlait pas d'une attaque aux explosifs, là encore non crédible pour les habitants, compte tenu de la faible explosion et de la non présence d'un grand cratère au lieu de l'explosion. Le régime mentait, par omission, à sa population cachant qu'il s'agissait d'un Engin Explosif Improvisé, d'une bombe sale, ayant répandu dans l'atmosphère des substances nocives et provoqué des rayonnements potentiellement de type gamma très dangereux.

Le capitaine Morel, entra dans le bureau de Malik, lançant : « Tu a lu les nouvelles ? Le patron veut un premier brief pour midi pour le cabinet du ministre. On a une demi-heure pour le rédiger. On s'y met ? »

Sans attendre la réponse de Malik, Morel s'assit en face de Malik et après un rapide échange d'une dizaine de minutes sur leurs évaluations respectives de la situation ils rédigèrent à quatre mains, la note suivante :

10 juin 2015 - Quinzième anniversaire du décès d'Hafez el-Assad, le père de Bachar al Assas, Président de Syrie - Attentat à l'Engin Explosif Improvisé à Damas. La bombe sale contenait des explosifs et des particules peut-être nucléaires

compte tenu des rayonnements relevés à proximité. Pas de composant chimique de type gaz (à confirmer). Provenance possible des composants de l'EEI : stock de produits nucléaires tombé dans les mains des opposants lors de la conquête provisoire en 2013 du quartier de Marj as Sulṭān, dans les faubourgs est de Damas, lieu d'une supposée usine nucléaire secrète syrienne. La cible visée était le quartier du palais présidentiel de Mazzeh mais Bachar al Assad était à Lattaquié. Mauvaise information des terroristes ou attentat symbolique pour marquer l'anniversaire d'Hafez el Assad ? Aucune victime directe sauf le chauffeur kamikaze. L'attaque visait à provoquer un mouvement de panique et obtenir le maximum de couverture média, non à détruire. Les auteurs potentiels de l'attentat sont dans l'ordre de probabilité décroissante :

- un mouvement islamiste ou l'ASL mais aucune revendication n'a été faite,
- le régime syrien, par provocation pour se rendre incontournable dans une sortie de crise,
- Israël, pour alerter ses alliés occidentaux sur le risque de prolifération nucléaire en Syrie compte tenu du programme secret financé par l'Iran et soutenu techniquement par la

Corée du Nord et faire une contre-mesure à l'accord sur le nucléaire iranien.

La note fut transmise sous le timbre de Morel à Paul Vralac, le Directeur de la DGSI qui l'endossa et la transmit au cabinet du ministre de l'intérieur qui en accusa réception, demandant un rapport actualisé sous douze et vingt-quatre heure.

Paul et Malik prirent en café en partageant leurs intuitions.

- Cette date anniversaire d'Hafez, tu crois à une coïncidence ? demanda Paul

- Non, pas vraiment. Cela ressemble trop à un message direct adressé au fils. Par contre, cela me pousse à mettre en second rang l'hypothèse d'une provocation syrienne. Ils auraient pu choisir n'importe quel autre jour. Ou alors Bachar a voulu tuer le père qui le considérait comme une couille molle, mettant tous ses espoirs dans son fils ainé Bassel qui s'est bêtement tué en voiture en 1994. Le timide ophtalmologiste a du revenir de Londres avec Asma Fawaz Akhras sa belle épouse sunnite mais le sang a parlé,

Bachar est bien un Assad, tyran encore plus sanguinaire que le père.

- Si on n'a pas rapidement de revendication de Daech ou d'Al-Nosra, car je ne crois plus l'Armée de Libération de la Syrie en position de monter un attentat au cœur même de Damas, et puis les attentats suicide ce n'est pas tellement leur mode opératoire, cela obligera à considérer la piste d'un montage israélien.

- Quel intérêt vital pour Israël au regard du risque considérable de crise diplomatique si la main du Mossad était dévoilée ? Telle est la vraie question.

- Israël est furieux de l'accord concédé par les Etats-Unis sur le nucléaire iranien de juillet dernier. Cet accord leur interdit de bombarder les sites iraniens protégés maintenant par le bouclier humain des inspecteurs de l'Agence Internationale de l'Energie Atomique. 'Bibi', Benjamin Netanyahu, le Premier ministre israélien, est furieux. Selon lui, l'accord de Lausanne permettra à l'Iran de garder des installations souterraines, le réacteur d'Arak et des centrifugeuses perfectionnées, tout ce dont on disait à Israël, à juste titre, il y a seulement quelques mois, que cela n'était pas nécessaire à un programme nucléaire pacifique. Le Mossad estime à moins d'un an la disponibilité des éléments nécessaires à la fabrication d'une bombe nucléaire alors même que l'Iran dispose de missiles de longue portée.

- Oui, mais le lobby juif américain a été incapable de bloquer la volonté d'Obama de justifier en fin de second mandat son impromptu et surprenant Nobel de la Paix, décerné, en 2009, pour sa lutte contre la non prolifération nucléaire, par un mauvais et fragile règlement du dossier du nucléaire iranien. Les multinationales américaines vont se goinfrer en Iran. La ligne dure incarnée par la France, les iraniens vont nous la faire payer. L'Iran et Cuba, deux nouveaux Eldorados pour le business ricain, conclut, amer, Morel.

- Bon, la Realpolitik, c'est la vraie diplomatie; le reste c'est de la gesticulation ou des bons sentiments. Je vais voir ce que je peux glaner sur les réactions des islamistes sur ce dossier. Voyons également comment les protecteurs russes et iraniens commentent cet attentat. Israël restera en silence radio comme à son habitude.

Plusieurs jours après l'explosion de la bombe sale à Damas, aucun groupe islamiste ou d'opposition démocratique au régime, n'avait revendiqué l'attaque. Ce silence des organisations djihadistes, alors qu'une telle attaque au cœur de la capitale du régime honni aurait servi leur propagande, obligeait à rouvrir d'autres hypothèses notamment celle d'une provocation israélienne pour faire obstacle à la finalisation du préaccord de Lausanne sur le nucléaire iranien.

En fait, la DGSI était faute, de pistes et de revendications, dans le brouillard.

12 - Les damnés de la mer

Le 27 septembre 2015, Pierre Le Drenec échappa par miracle au bombardement des avions français sur Deir ez-Zor. Il ne se trouvait pas dans le centre d'entraînement de la katiba française au moment des frappes mais en inspection avec le commandant des troupes de Daech sur le no man's land qui séparait les forces islamiques de celles loyalistes retranchées sur l'aéroport militaire.

Mahmoud al Faransi, de son nom de guerre, levé aux aurores avait oublié d'emporter son téléphone portable ce qui lui sauva probablement la vie car un drone américain de surveillance avait repéré son signal dans la nuit et fourni le calage GPS aux avions français.

Se sachant sur la liste américaine, et maintenant française, des djihadistes à éliminer, Le Drenec décida alors de s'exfiltrer vers la France sans tarder. Al-Furqan, l'agence de communication de Daech, publia un faux communiqué nécrologique célébrant la mort de Mahmoud al-Faransi en martyr lors des combats de Deir ez-Zor. Déclaré mort, Le Drenec espérait échapper plus facilement aux contrôles de police à son entrée en Europe. Son arabe levantin approximatif ne lui permettrait pas de tromper un policier syrien ou turc mais serait bien suffisant pour leurrer les policiers européens non français. Le service des opérations externes de Daech, fabriqua deux vrais faux passeports, reprenant les noms d'un couple sans enfants tué lors des combats dans la ville puis lui procura une pseudo épouse syrienne, la veuve d'un moudjahidine tombé au combat, qui reçut la carte au nom de l'épouse du syrien mort. La fausse épouse, qui comprenait un peu l'anglais du français, devait parler pour le couple lors du transit vers l'Europe en prétendant que Le Drenec ne pouvait plus parler, rendu sourd et muet par les bombes tombées sur leur maison. Une fois arrivés en Grèce, elle devrait repartir vers la Syrie via la Turquie, toujours sous sa fausse identité.

Le Drenec décida de prendre la voie maritime de préférence à la voie terrestre. Les images du jeune Aylan Kurdi, noyé sur la plage de la station balnéaire de Bodrum, l'ancienne Halicarnasse, en Turquie, n'avaient pas dissuadé de nombreux réfugiés. Des milliers syriens s'entassaient dans le stade de la ville frontalière turque d'Erdirne à quelques kilomètres des frontières grecques et bulgares. Malgré les obstacles mis par les bulgares au transit des réfugiés, la voie terrestre semblait plus sûre à certains fuyards du Pandémonium syrien.

La traversée de la côte turque vers l'île grecque de Lesbos ne représentait que dix kilomètres mais les chaloupes vendues à prix d'or par les passeurs, surchargées, tombant en panne, ne tenaient pas la mer en cas de forte houle. On comptait des dizaines de noyés rejetés sur les côtes. L'arrivée par la mer en Grèce garantissait pourtant un meilleur accueil et un transit ensuite vers l'Europe du nord.

Les réfugiés attendirent toute la matinée cachés sur une plage de Namik Kemal proche d'Ayvalik, le port d'attache de la ligne régulière vers Lesbos, l'arrivée du bateau des passeurs. Les autorités turques laissaient faire le trafic contre des bakchichs.

Le passeur exigea deux mille dollars pour Le Drenec et sa fausse épouse. Les réfugiés avaient tout vendu pour financer leur exil vers le havre européen. Le faux couple syrien s'entassa avec trente autres réfugiés, femmes et enfants dans la barcasse pourrie. Un des passagers qui avait quelques notions de nautisme fut désigné capitaine de fortune et reçut la barre des mains du passeur qui lui indiqua la direction de Lesbos qu'on apercevait à l'horizon puis plongea pour rejoindre la cote les abandonnant à leur sort.

Le moteur antédiluvien de la chaloupe toussotait à deux temps, rejetant une fumée acre de gasoil qui piquait les yeux et donnait la migraine. L'esquif n'avançait pas assez vite pour rejeter les reflux de gaz d'échappement refoulé par un vent arrière. Les passagers, suffoquant, ballottés par une mer qui se formait, vomissaient les uns sur les autres. Les enfants paniqués hurlaient. Au milieu de la traversée, le moteur s'arrêta. La nuit tombait, aucun des embarqués n'avait de connaissance en mécanique. Peut-être les passeurs n'avaient-ils tout simplement pas fourni assez de carburant. La houle contraire éloignait l'embarcation des lumières de la cote grecque tant espérée, les rejetant à la dérive vers la Turquie. Les réfugiés pleuraient, priaient, tentaient de joindre un proche déjà arrivé en Grèce pour donner l'alerte. Le ciel obscurci par des nuages menaçait. La chaloupe ne disposait d'aucune rame et de toute façon le poids aurait empêché la manœuvre. Au bout d'une heure de désespoir ce nouveau radeau de la Méduse réussit à alerter, en agitant, telles des lucioles, les écrans allumés des téléphones portables, un bateau de pêche grecque qui les remorqua en dix minutes jusqu'à Lesbos. Les réfugiés, partis sous le soleil en tenue légère, étaient transis ; ils furent pris en charge par quelques bénévoles, sous le regard détourné des touristes qui buvaient indifférents des ouzos, la spécialité de l'île de Mytilène sur l'île de Lesbos, aux terrasses de l'île touristique.

13 – Les attentats du 13 novembre 2015

Le 27 septembre 2015, la France mena ses premières frappes en Syrie, invoquant la légitime défense.

Le vendredi 13 novembre 2015, deux voitures, une VW Polo et une Seat Leon partirent de Molenbeek-Saint-Jean en Belgique vers la France emmenant deux commandos, l'un vers le Stade de France et l'autre les boulevards parisiens du 10e arrondissement. Le troisième commando, constitué de citoyens français vivants en France, se tenait prêt à intervenir aux abords de la salle de spectacle du Bataclan.

Le trajet se déroula sans encombre. La vigilance de la police belge et française était palpable mais il leur était impossible de contrôler les milliers de véhicules qui passèrent ce matin du 13 novembre la frontière.

L'opération avait été planifiée depuis plusieurs semaines par le commandement de Daech. Deux des membres du commando, infiltrés au milieu de la foule des réfugiés syriens, avaient débarqué le 3 octobre sur l'île de Léros en Grèce, entrant dans l'espace Schengen avec des faux passeports syriens. Daech avait, avec sa bravache coutumière, prévenu les autorités européennes qu'il infiltrerait des djihadistes dans la vague d'exilés syriens. Daech, on l'apprit plus tard, avait mis la main sur des centaines de passeports vierges syriens lors de la prise de Deir ez-Zor et sur le matériel pour fabriquer de faux passeports ce qui lui permettait de doter d'une fausse identité les djihadistes qui traversaient régulièrement la frontière avec la Turquie pour accompagner les trafics de pétrole ou acheter sur les marchés turcs des matériels notamment les balises de réception de téléphone satellitaire grâce auxquelles Daech avait accès à Internet mais également d'infiltrer des djihadistes en Europe.

Le plan prévoyait trois attaques simultanées, conduites par trois commandos, de trois hommes chacun : la première, au Stade de France, à Saint-Denis, lors du match de football France-Allemagne, auquel devait assister le chef de l'Etat, François Hollande, les deux autres dans l'est de Paris, dans la salle de spectacle Le Bataclan, et sur les terrasses de brasseries parisiennes.

La simultanéité des trois frappes visait à terroriser par la démonstration de la capacité de l'Etat islamique à conduire, malgré le plan Vigipirate, une action de guerre contre la France, au cœur de Paris, punissant l'engagement militaire de la France en Irak puis en Syrie, publiant à l'ensemble de l'oumma la détermination et la puissance de l'Etat islamique. Les combattants étaient équipés de ceintures d'explosifs pour mourir en martyr après avoir abattu le maximum de mécréants par les tirs de fusils d'assaut Kalachnikov.

A 21 h 20, un Français, Bilal Hadfi, et deux terroristes, porteurs de faux passeports syriens, l'un au nom d'Ahmad al-Mohammad, un soldat mort, s'approchent des abords du Stade de France. Le match est en cours. Peu de monde aux abords, des retardataires, des vendeurs de billet à la sauvette, des débitants de merguez. Sans tenter de pénétrer dans le stade, les trois hommes se font exploser tuant un homme et en blessant plus d'une dizaine. Le Président est évacué dans le calme pour ne pas provoquer de panique. Le match est interrompu par des annonces appelant à l'évacuation dans le calme. Cohue des quatre-vingt mille spectateurs qui quittent en toute hâte les gradins; certains spectateurs envahissent la pelouse pour fuir, d'autres se précipitent vers les sorties, sous les yeux ahuris des millions de français qui regardaient le match devant leurs postes de télévision. En janvier 2016, Dabiq , la revue de Daech désignera les deux inconnus comme deux irakiens : Ali al-Iraqi et Ukashah Al-Iraqi.

À 21 h 25, Brahim Abdeslam, Abdelhamid Abaaoud et Chakik Akrouh ouvrent le feu à trois reprises, de manière aveugle, au hasard, sur des personnes attablées aux terrasses de bars et de brasseries des 10e et 11e arrondissements de Paris, causant la mort de trente-neuf personnes et en blessant trente-deux. Brahim Abdeslam fait sauter sa ceinture d'explosifs dans un café du boulevard Voltaire, faisant deux blessés graves. La Seat est abandonnée à Montreuil, avec trois Kalachnikov, cinq chargeurs pleins et onze vides abandonnés à bord.

À 21 h 40, trois français, Foued Mohamed-Aggad, Omar Ismaël Mostefaï, et Samy Amimour, arrivent au théâtre du Bataclan dans le 11e arrondissement. Ils abattent des personnes à l'extérieur du bâtiment, y pénètrent et commencent à tirer par rafale sur les spectateurs. Pendant une vingtaine de minutes, les trois hommes exécutent froidement les spectateurs, un par un. La tuerie fait 89 morts et des dizaines de blessés graves avant que les forces de police n'interviennent. La BAC abat un premier terroriste, vers 22 heures. Mostefaï et Amimour se retranchent à l'étage, emmenant avec eux une vingtaine d'otages. Deux heures plus tard, à 0 h 20, au terme de différentes tractations, les terroristes sont tués par les hommes de la BRI, sans que l'on ait cette fois à déplorer de nouvelles victimes parmi les otages.

Salah Abdeslam qui avait convoyé le commando du Stade de France, abandonne la Clio noire Place Albert-Kahn, dans le 18e arrondissement, puis revient en métro aux abords des lieux des attentats dans le Xe pour constater, par lui-même, les dommages causés par le troisième commando. Deux complices Mohamed Amri et Hamza Attou, le premier un barman et le second un revendeur de cannabis au café des Abdeslam, joints par téléphone viennent le chercher et l'exfiltrent vers la Belgique. Les trois hommes sont contrôlés dans la matinée du samedi sur l'autoroute A2 par des gendarmes français à hauteur de Cambrai, sans être interpellés, car Abdeslam n'apparaît pas encore comme l'un des suspects des attentats. Attou appelle dans la nuit de vendredi à samedi un certain Ali Oulkabi qui est un ami de Brahim Abdeslam. Samedi à midi, Attou retrouve à Laeken Ali Oulkabi qui les convoie avec son véhicule personnel. Il découvre la compagnie de Salah

Abdeslam et ses actes. Après avoir pris un café, Ali Oulkabi dépose Salah Abdeslam à Schaerbeek où l'on perd sa trace.

Le 14 novembre, trois suspects sont interpellés en Belgique, lors d'un contrôle routier, en lien avec les attaques de Paris. D'autres suspects sont arrêtés en Belgique, notamment à Molenbeek-Saint-Jean, commune bruxelloise réputée pour sa communauté musulmane radicalisée.

Le bilan des attentats est de 130 morts auxquels s'ajoutent sept assaillants. Le nombre de blessés s'élève à 350. Dans le cadre du 'plan blanc' les pompiers ont mobilisé 430 hommes, dont 21 équipes médicales, équipés de 125 engins, pour prendre en charge à eux seuls 381 victimes, dont 257 blessés par balle. Une simulation du scénario des attentats simultanés sur plusieurs sites avait été envisagée par les autorités et même répété le matin même de l'attaque du 13 novembre.

Le 14 novembre, le Président François Hollande dans une allocution télévisée aux français déclare : « la France est en guerre ».

Le 18 novembre à 4:16, le Raid et le BRI donnent l'assaut à un appartement, rue Corbillon, dans le centre-ville de Saint Denis. L'intervention se termine vers 11 h 30. Abdelhamid Abaaoud, sa cousine Hasna Aitboulahcen et un homme non encore identifié sont tués dans l'attaque.

Le 18 novembre, l'état d'urgence est décrété par le gouvernement français pour douze jours, par application d'une loi du 3 avril 1955; il est prolongé pour trois mois et renforcé par une loi votée par le Parlement français le 20 novembre.

Le 23 novembre, le porte-avions Charles de Gaulle arrive au large des côtes syriennes avec vingt-quatre appareils à bord afin de tripler la capacité française de frappes aériennes.

14 – Fifagate $$$

Ce 5 juin 2015, le Président François Hollande fit, en catimini, officier de la légion d'honneur, Akbar al-Baker, le PDG de Qatar Airways. La remise de décoration ne figurait pas sur l'agenda officiel du Président mais l'information divulguée provoqua les critiques convergentes du Front national et de la CGT. Florian Philippot, vice-président du Front national twitta le 9 juin : #Soumission qualifiant le Qatar de pays «tout à fait trouble, tout à fait louche» qui «finance l'islamisme qui tue». Le Qatar, ulcéré de l'accusation par le député européen de financer le terrorisme, avait déjà engagé en janvier 2015 une action en justice qui avait conduit à la demande de levée de son immunité parlementaire par le juge d'instruction, démarche dénoncée comme « servant la dictature » par le dit élu européen. A l'autre extrémité de l'échiquier politique, la section CGT d'Air France s'insurgea, dans les colonnes de l'Humanité, contre l'honneur fait au dirigeant d'une compagnie qui licenciait les hôtesses enceintes et les traitaient « comme des prostituées (sic) n'ayant pas le droit de sortir après 23heures » en les soumettant à une surveillance qualifiée de policière.

Certains commentateurs virent dans la décoration du PDG de Qatar Airways la récompense de la commande en mai 2015 de 24 avions de chasse Rafale par le Diwan et la grande majorité d'Airbus (91 avions sur 159) du pavillon national. La concession révélée de nouvelles autorisations de décollage et d'atterrissage, à Lyon et Nice, accordée à la compagnie qatarie par le gouvernement français fut vivement critiquée par les syndicats d'Air France, compagnie nationale confrontée à la concurrence conjointe des compagnies 'low cost' et des flottes aériennes des Etats du Golfe largement subventionnées par les Etats du pavillon.

L'ambassadeur du Qatar reçut une invitation de la France pour s'asseoir à la tribune officielle pour le défilé du 14 juillet 2015 dont l'invité d'honneur était le Mexique.

La relation harmonieuse entre la France et le Qatar souffrait pourtant de ces attaques virulentes de nombreux média français contre le Qatar. Le Diwan s'émouvait régulièrement de ce qu'il qualifiait de 'Qatar bashing' (dénigrement) auprès des autorités françaises qui n'y pouvaient mais, la presse française étant libre à la différence des média qataris. Le gouvernement français multipliait donc les signes publics de la cordialité des liens entre la France et le Qatar. Le Président Hollande, après quelques propos de campagne critiques sur la proximité jugée par lui trop grande entre le Président Nicolas Sarkozy et le Qatar, avait dès sa prise de fonctions, donné des gages de sa volonté de poursuite des relations privilégiés entre les deux pays en recevant à l'Elysée cheikh Hamad al Thani, le 22 août 2012, alors qu'il n'était encore que Prince héritier. La visite présidentielle à Doha en juillet 2013 fut qualifiée de « fraîche » ce qui exprimait, en langage diplomatique, la rancœur persistante des autorités qataris pour les critiques formulées par le candidat Hollande à l'égard d'une proximité jugée excessive du Président Sarkozy avec le Diwan. Le gouvernement français reçu le message « fort et clair » et le climat se réchauffa grâce à divers gestes notamment l'insigne de commandeur de la légion d'Honneur remis en octobre 2013 à l'ambassadeur du Qatar en France par le Président Hollande. Le ministre des Affaires étrangères Laurent Fabius fut à la manœuvre pour rétablir la confiance, travaillant en tandem avec Jean-Yves Le Drian, le ministre de la Défense qui mena à bien la négociation aboutissant à la vente en mai 2015 de 24 avions Rafale au Qatar.

Le football, sport mondial, est une plate-forme obligée de communication pour les hommes politiques et les États. Le Qatar l'a bien compris. L'émirat a investi massivement pour se rendre visible, posant sa tête de pont en France compte tenu du soutien sans failles de l'ancien Président Nicolas Sarkozy au Qatar.

Le PSG, le club de football parisien, a été racheté en 2011 par le Qatar via le fonds souverain QSI Qatar Sport Investment dirigé par Nasser Al-Khelaifi devenu Président du PSG. Le QSI est également propriétaire du Football Club de Barcelone et d'une filiale Burrda Sport dont Laurent Platini, le fils de Michel, est Directeur général depuis 2012.

Le rachat par le Qatar du PSG, club de football de la capitale, en lourdes pertes financières, que le groupe Colony représenté par Sébastien Bazin voulait vendre, avait été, selon certains commentateurs, arrangé par le Président de la république Nicolas Sarkozy. Les mêmes commentateurs critiques estimaient même que le Qatar et l'ancien Président avaient fait un deal secret lors du diner du 23 novembre 2010 très controversé : le Qatar renflouait le club parisien en échange d'un soutien du Président à la candidature du Qatar pour la coupe du monde de football 2022.

Nicolas Sarkozy ne manque aucun des grands matchs du PSG au Parc des Princes, siégeant à la droite de Nasser Al-Khelaifi et se targuant de cette intimité par une boutade : « Les journalistes me demandent souvent si je veux devenir président du PSG. Mais les mecs n'ont pas compris : je suis déjà président du PSG. Ils n'ont qu'à venir voir au Parc des princes. Nasser me place systématiquement à côté de lui, juste à côté du président du club adverse ».

BeIN Sports, anciennement Al Jazeera Sports, bras armé de la conquête d'audience sportive par le Qatar. BeIN SPORTS, établi en juin 2012 en France, fut intégré en décembre 2013 au sein de beIN MEDIA GROUP dont le président et directeur général est Nasser Al-Khelaïfi. Le groupe beIN emploie 1200 personnes et possède 34 chaînes de télévision. En France, BeIN SPORTS achète à prix d'or les droits de retransmission des grands événements sportifs fragilisant la position de l'ancien leader Canal+ et les chaînes du service public français. La négociation des droits de retransmission en France des deux prochaines coupes du monde sera être un test de la puissance financière et de lobbying du Qatar.

Les relations intimes entre la politique, le football et le Qatar expliquent les prudences de langage et une certaine complaisance de la plupart des dirigeants politiques français.

Le capitaine Morel demanda donc à Malik de lui faire une note sur le Fifagate qui agitait le monde du football. Le montant considérable des rétrocommissions révélé par la justice américaine et la mise en cause de la régularité de l'attribution de la coupe du monde de football 2022 au Qatar alimentait le lynchage médiatique du Qatar. Malik était devenu l'expert du Qatar à la DGSI depuis ses enquêtes précédentes. Voir Double feu Malgré l'absence de lien apparent avec le terrorisme islamique, Morel, dans sa volonté de cantonner Malik à des travaux de documentation et le sortir du terrain dans l'immédiat, expliqua que cette note serait utile au patron pour réagir à d'éventuelles sollicitations du cabinet du ministre. Le gouvernement français estimait en effet que le Qatarbashing nuisait au business entre la France et le Qatar. Responsables politiques de premier plan, de gauche comme de droite, militaient pour un traitement médiatique apaisé du dossier qatari.

Malik passa une semaine à documenter une note sur le Fifagate. Il transmit cette note à Paul Vralac sous le couvert de Morel qui la transmit sans observations.

De Lieutenant Malik Benamar au Directeur
s/c capitaine Paul Morel
Objet : Note sur le Fifagate

L'économie du football représente environ 5 milliards d'euros de chiffre d'affaires en France et 400 milliards dans le monde. C'est un des tout premiers business mondiaux, supérieur aux 40 milliards de l'industrie du cinéma et aux 80 milliards du jeu vidéo. Le business du football pèse autant que les ventes d'armes dont le chiffre d'affaire mondial est estimé à 410 milliards et peut-être plus même que celui de la drogue estimé entre 300 et 500 milliards de dollars.

La FIFA est la grande ordonnatrice de la Coupe du monde de football qui représente, pour les Etats et les sponsors, l'enjeu majeur. Les Etats acceptent de dépenser, souvent à perte, l'argent des contribuables pour héberger les coupes mondiales laissant s'enrichir les marchands du temple : intermédiaires, prestataires, annonceurs. La FIFA gère une masse considérable d'argent lié aux droits sur les compétitions sportives et au premier chef sur la coupe du monde. Les recettes de la FIFA pour la période 2011-2014 se sont élevées à 3,3 milliards d'euros.

La Coupe du monde au Brésil 2014 illustre l'ampleur des enjeux financiers. Chiffres clés : sept ans de préparation, plus de 11 milliards de dollars investis pour une cible de 4 millions de touristes attendus et près de 1,3 milliard de téléspectateurs, coût pour la FIFA 1,5 md € au regard de 0,791 milliards de recettes attendues et 1 milliard d'euros de paris autour de cette seule coupe du monde. De nombreuses organisations et personnalités brésiliennes ont critiqué cette " coupe du monde des riches ", dénonçant le financement public d'installations sportives coûteuses dans un pays affligé par la pauvreté et la délinquance, et scandalisé par l'exclusion des masses brésiliennes de l'accès aux stades compte tenu du prix des billets. Quelques manifestations réprimées.

Le foot-business et le commerce d'armes ont une caractéristique commune : les énormes rétrocommissions versées aux intermédiaires. D'après l'enquête américaine, lancée par Mme Lynch, alors qu'elle n'était encore procureur à New-York (Loretta Lynch a été nommé Procureur générale des EU équivalent de notre ministre de la Justice en avril 2015), ce sont 150 millions de dollars de pots-de-vin et de rétrocommissions qui auraient circulé dans les hautes sphères du football, depuis 25 ans.

Les soupçons de corruption à l'égard de cadres de la FIFA se sont révélés en plein jour, en mai 2015, par l'inculpation pour corruption de neuf élus de la Fifa et de cinq partenaires de cette instance mondiale du football, pour des faits s'étalant sur les vingt-quatre dernières années par le ministère américain de la Justice.

La ministre de la Justice américaine, Loretta Lynch, qui avait supervisé l'affaire en tant que Procureur à New York, a dévoilé elle-même, le 27 mai 2015, lors d'une conférence de presse, afin d'assurer le maximum d'impact médiatique, l'acte d'accusation contre des hauts responsables de la Fifa.

Les partenaires de la Fifa inculpés par le DOJ, expliqua la ministre sont des professionnels du marketing sportif soupçonnés d'avoir « payé de manière systématique et accepté de payer bien au-delà de 150 millions de dollars en pots-de-vin et rétrocommissions pour obtenir de lucratifs droits médiatiques et marketing pour les tournois internationaux de football ».

Ce coup de filet spectaculaire, volontairement très médiatisé intervint opportunément à deux jours de l'élection à la présidence de la Fifa, où Joseph Blatter, à la tête de la multinationale du foot depuis 1998, briguait un cinquième mandat. Les Etats-Unis, outragés d'avoir perdu, contre toutes attentes et contre toutes promesses, l'attribution de la coupe du monde de football 2022, avaient décidé de faire payer à Sepp Blatter et à la Fifa leur déconvenue en lâchant contre les affairistes vivant de ses prébendes la puissance de la machine judiciaire américaine. Le dossier à charge du DOJ était fondé sur les aveux du repenti Charles Blazer. Ancien secrétaire général de la Concacaf, ancien membre du comité exécutif de la Fifa, inculpé aux Etats-Unis et devenu informateur du FBI et du fisc américain dans l'espoir de réduire sa peine. Blazer avait admis avoir touché des pots-de-vin pour l'attribution des Coupes du monde 1998 et 2010.

La médiatisation de l'enquête du DOD mit de fait Joseph Blatter, âgé de 79 ans, dans la tourmente subissant de nombreuses critiques pour sa gouvernance de la richissime instance. Il se défendit par un communiqué : « C'est un moment difficile pour le football, les supporters et la Fifa. De tels comportements n'ont pas leur place dans le football et nous nous assurerons que ceux impliqués seront exclus du jeu » et maintint sa candidature à une réélection à la tête de la Fifa.

Le scandale provoqué par l'action de la justice américaine, qui ne le visait pas personnellement, provoquèrent néanmoins la démission du président Blatter le 3 juin 2015, seulement trois jours seulement après sa réélection, réélection à laquelle s'était opposé publiquement Michel Platini, le

Président de l'UEFA. Le Comité exécutif de la FIFA, toujours présidé pro tempore par l'ex Président Blatter, a fixé au 26 février 2016 l'élection du nouveau président.

Les raisons de la démission inattendue du Président Blatter ne sont pas connues. Certains commentateurs y voient la main de la pression des grands annonceurs américains, piliers du sponsoring, Coca Cola, Nike, Visa, McDonald's, Budweiser.

De nombreuses accusations de corruptions, relayées par les médias, visent les conditions d'attribution des Coupes du monde 2018 et 2022 à la Russie et au Qatar.

Le soupçon d'irrégularités est apparu dans le rapport de décembre 2014 de Michael J. Garcia, ancien procureur américain, qui avait présidé la Chambre d'investigation du Comité d'Ethique de la Fifa de 2012 à 2014. Son rapport n'a pas été publié dans son intégralité mais dans une version tronquée par Hans Joachim Eckert, le Président du Comité d'éthique de la Fifa, qui concluait à la régularité du processus d'attribution des coupes du monde 2018 et 2022.

Phaedra Almajid, ancienne membre du comité de candidature de Qatar 2022, interrogée par Michael Garcia, avait accusé trois membres de la Fifa, dont Issa Hayatou, président de la Confédération africaine de football, d'avoir accepté de l'argent en échange de leur vote pour l'attribution du Mondial 2022 au Qatar. Phaedra Almajid qui a déclaré avoir fait l'objet de menaces contre elle et ses enfants par internet ainsi que d'une menace d'action en justice du Qatar, a retiré son témoignage. Son identité qui aurait du rester confidentielle a été révélée, selon elle à dessein, par Hans Joachim Eckert, a déclaré dans la presse : « Je pense que ces attaques viennent des Qataris, a-t-elle confié. J'étais une plus grosse menace pour les Qataris que je ne l'ai jamais été pour la Fifa », a-t-elle dit. « Eckert s'est assuré, de manière très commode, très calculée, que mon identité soit révélée pour faire taire tout autre lanceur d'alerte et pour que nous arrêtions de parler de ce qu'il s'est passé lors de l'attribution du Mondial 2022 », a-t-elle également expliqué. «Je sais maintenant que toute ma vie je vais vivre dans la crainte ».

La décision du comité exécutif de publier « sous une forme appropriée » le rapport Garcia a été prise moins de quarante-huit heures après la démission fracassante de son auteur, le 17 décembre 2014, lui qui occupait jusqu'alors le poste de président de la chambre d'instruction du comité d'éthique de la FIFA et ce depuis 2012. Le 13 novembre 2014, Michael Garcia avait fulminé en lisant la synthèse de son travail présentée par l'Allemand Hans-Joachim Eckert, président de la chambre de jugement du comité d'éthique. Le magistrat munichois déclarait avoir relevé des éléments douteux mais de « portée très limitée ». Il avait conclu que l'attribution des Mondiaux 2018 et 2022 n'avait pas lieu d'être remise en cause. « Je ne suis pas d'accord avec la décision de la Commission de recours de la FIFA », avait alors écrit Garcia dans un communiqué envoyé par le cabinet d'avocats américains qu'il avait rejoint après sa démission. Dans ce texte, l'ancien procureur américain a des mots très durs pour la Fédération : « Pendant les deux premières années après mon recrutement comme président indépendant de la chambre d'enquête de la commission d'éthique de la FIFA, je pensais que cette dernière instance faisait de réels progrès. Ces derniers mois, cela a changé ». Ce rapport avait conduit à l'instruction de poursuites pour d'éventuelles mises en cause pour manquement à l'éthique de plusieurs membres du comité exécutif de la FIFA. Ces dirigeants ont été lavés de tous soupçons par Eckert. « La décision du président de la chambre de jugement contient plusieurs présentations incomplètes et erronées des faits et conclusions détaillés dans le rapport », avait alors riposté Garcia. Michael Garcia fit appel de la «décision» de son confrère allemand auprès de la commission de recours de la FIFA pour obtenir la publication complète de son rapport. Débouté le 16 décembre 2014, Michael Garcia en tira les conclusions en démissionnant.

En, mars 2015, Michel Platini tout juste réélu pour un troisième mandat à la tête de l'UEFA ironisait sur l'enterrement du rapport Garcia : « Tout le monde sait qu'il n'y aura rien jusqu'aux élections. Mais est-ce que ce sera 'le' rapport Garcia ? Je ne suis pas sûr que cela sera le vrai. Ça pourrait être 'un' rapport Garcia, a fait ironiquement remarquer l'ex-numéro 10 des Bleus. Vous savez mieux que moi comment ça se passe… ».

L'enterrement du rapport Garcia s'inscrit donc dans la critique convergente de la gouvernance de la Fifa et sur son incapacité à de réformer.

Une autre illustration en est le rapport sur la réforme de la gouvernance de la FIFA réalisé par le professeur de droit de l'université de Bâle Mark

Pieth en février 2015 qui fut selon son auteur fortement édulcoré par Marco Villiger, directeur des affaires juridiques de la Fédération. La synthèse rédigée par Villiger retirait des références au président de la FIFA, Joseph Blatter, et à son implication éventuelle dans le cadre de l'affaire International Sport and Leisure, du nom de l'ancienne société de marketing qui gérait les droits télévisés de l'institution avant sa faillite, en 2001. Mark Pieth, estime dans un entretien à l'AFP que « la structure quasi dictatoriale de l'organisation en pleine tourmente judiciaire, doit être réformée en profondeur ».

Les attaques contre Sepp Blatter étaient jusqu'alors prudentes compte tenu de la puissance de l'homme et de l'organisation. Pourtant dès 2014, l'ancien président de la fédération anglaise de football David Triesman, avait comparé à la Chambre des lords, Sepp Blatter à Vito Corleone, et dit de la FIFA qu' « elle possède une longue tradition de pots-de-vin, de magouilles et de corruption ».

Sepp Blatter dominait largement le classement des hommes politiques les mieux payés en 2015 avec des revenus estimés à près de 58 millions d'euros et est soupçonné de népotisme au bénéfice de son neveu par la justice suisse. Epargné, jusqu'en septembre 2015, par l'action du DOJ américain, Blatter pourrait en effet être mise en cause par l'enquête engagé par la justice suisse. La télévision suisse alémanique a en effet révélé que le président de la Fifa aurait bradé les droits télévisés pour les Mondiaux de 2010 et 2014 à la société suisse Match Hospitality, prestataire exclusif de la FIFA, qui est filiale de la société suisse Infront Sports and Media, dirigée par Philippe Blatter, le neveu de Sepp Blatter.

« Tu quoque mi fili ! » aurait crié César s'adressant à Marcus Brutus qui se joignait aux coups des conjurés ; parole apocryphe mais que Blatter pourrait employer à l'égard de Michel Platini qu'il avait adoubé Président de l'UEFA et qui militait activement contre sa non réélection puis pour son éviction.

Depuis son éviction de la FIFA, l'ex Président Sepp Blatter conduit une campagne vengeresse contre Michel Platini, candidat à sa succession.

Sepp Blatter, furieux de son éviction de la tête de la Fédération mondiale de football, accuse ainsi son fils spirituel, mais parricide, Michel Platini, d'avoir voté pour l'attribution de la Coupe 2022 au Qatar sous la pression l'ancien président de la République Nicolas Sarkozy. Ce dernier aurait organisé le 23 novembre 2010 une réunion secrète à l'Elysée provoquée réunissant Michel Platini et le prince du Qatar Tamin bin Hamad al-Thani, qui a tissé des liens politiques et économiques très étroits avec la France au cours des dernières années ainsi que Sébastien Bazin, alors un des actionnaires principaux du Paris Saint-Germain et en discussions pour revendre le club au Qatar. Un déjeuner au cours duquel Nicolas Sarkozy aurait demandé à Michel Platini de ne pas voter pour les Etats-Unis «comme il l'avait envisagé», mais pour le Qatar. Une autre réunion aurait été provoquée en décembre 2010 également par l'ancien Président Nicolas Sarkozy juste avant le vote à - Zurich en présence du qatari Mohammed Bin Hammam, membre du comité exécutif de la Fifa, depuis, radié à vie, lui aussi, pour corruption.

La proximité du Qatar avec Laurent Platini, avocat, le fils de Michel Platini, n'est pas nouvelle. Embauché par le PSG de Sébastien Bazin en 2006, Laurent Platini a intégré en 2012 la direction de QSI (Qatar Sports Investment), fonds souverain à Paris, en qualité de directeur juridique. Depuis, il a été promu Directeur général de Burrda Sport, la marque de vêtements filiale de QSI. Laurent Platini a tenu à défendre toute connivence entre son père et le Qatar, déclarant : « Penser un seul instant que mon père est achetable sous prétexte que je travaille pour des Qataris, c'est hallucinant. Les gens qui nous connaissent savent que nous sommes intègres, l'un comme l'autre ».

L'origine de la vindicte américaine contre la Fifa est l'attribution de la coupe du monde 2022 au détriment des Etats-Unis, candidature activement relayée par la Grande-Bretagne. Bill Clinton, Président des Etats-Unis entre 1993 et 2001, s'était personnellement beaucoup investi en tant que président d'honneur du comité de la candidature américaine de la Coupe du monde 2022, passant deux années à voyager dans le monde entier pour rencontrer les membres de la Fifa, emmenant dans ses valises des stars comme Brad Pitt, Arnold Schwarzenegger, Morgan Freeman ou Spike Lee. Malgré ce soutien prestigieux, les Etats-Unis n'ont pas fait le poids face au lobbying qatari et à Zinedine Zidane, soutien actif du Qatar « pour un monde arabe qui émerge ». Quand Bill Clinton, apprit la nouvelle, il aurait été au bord de la crise de nerfs. Il « enrageait » déclare une source, «Il se sentait humilié et pensait que cette décision n'avait aucun sens». À tel point que lorsqu'il rejoignit sa suite à l'hôtel Savoy Baur de

Zurich, il s'enferma et, furieux, jeta un ornement de la table basse sur un miroir de la chambre, le brisant.

Barack Obama avait regretté alors publiquement « une mauvaise décision » de l'instance dirigée par Sepp Blatter.

La médiatisation et le moment choisi pour le lancement des poursuites du DOD américain visaient sans nul doute à saborder la réélection quelques jours plus tard de Sepp Blatter à la tête de la FIFA en représailles de l'attribution au Qatar de l'organisation de la coupe du monde 2022.

Michel Platini qui a pris la posture d'un chevalier blanc dans la crise du Fifagate est en position de briguer à la prochaine élection à la tête de la Fifa mais il doit compter avec la campagne menée contre lui par Sepp Blatter.

Sepp Blatter à ainsi affirmé que Michel Platini l'avait menacé de prison pour le dissuader d'être candidat, propos démenti par l'intéressé.

Blatter aurait commandité un article très négatif sur le président de l'UEFA, candidat déclaré à sa succession à la tête de l'organisation mondiale, lors de l'élection de février prochain. Le portrait, largement diffusé dans les rédactions européennes est intitulé « Platini: un squelette dans le placard », reconnaissant qu'il fut « l'un des plus grands magiciens du ballon que l'Europe ait jamais vu » mais estimant qu'il n'était pas « assez grand » pour être président de la FIFA « si l'on regarde du côté du Qatar », allusion explicite au vote favorable de Michel Platini pour l'attribution du Mondial au Qatar et la supposée contrepartie obtenue au bénéfice de son fils par un pont d'or au Qatar.

Michel Platini a écarté toutes ces insinuations, menaçant, mais ne le faisant pas, de poursuivre en justice ses détracteurs. Le Qatar qualifie sans surprise cette polémique de Qatar bashing.

L'élection à la tête de la Fifa en février 2016 reste donc ouverte. L'allongement de la liste à des nouveaux responsables de la Fifa par la justice américaine est probable. La mise en cause directe du Président Blatter par les actions convergentes du DOD et de la justice helvétique n'est pas à exclure.

15 - L'agent sportif

Malik en était là dans la rédaction de sa note quand il eut l'intuition que quelque chose lui avait échappé. Il relut ses notes; rien ne « sonnait une cloche » comme disent les anglais. Il compulsa son dossier de photos des protagonistes. Malik avait, en bon investigateur, rassemblé une centaine de photos, reprises des archives de la Fifa et des articles de presse, identifiant les principaux protagonistes. Toujours rien. Il décida de visionner à nouveau quelques vidéos. La vidéo de la cérémonie d'annonce, le 2 décembre 2010, de l'attribution de la coupe du monde 2022 au Qatar montrait un cérémonial digne de la remise des palmes à Cannes. Gros plans sur les mines anxieuses des délégations candidates, ouverture de l'enveloppe, joie exubérante de l'émir Hamad ben Khalifa Al-Thani brandissant la coupe du Monde de football. Malik repassa la vidéo au ralenti. Au troisième passage, il fit une pause sur un plan qui montrait, deux rangs derrière la délégation qatari, un européen anonyme qui affichait, dans l'attente des résultats, une mine sereine, à la différence des émissaires qataris, et qui, avant l'annonce de l'attribution, consultait son portable puis tapait un bref sms en réponse avant de se lever et de quitter la salle, avant l'ouverture de l'enveloppe contenant les résultats du vote. Ce visage ne lui était pas inconnu mais d'où ? Le déclic se fit par association de ce visage au Qatar ; c'était celui de l'agent sportif, un rufian qui l'avait entrepris lors du coquetel chez l'ambassadeur de France au Qatar en avril. cf Double feu. Qu'un agent sportif, faisant des affaires avec les clubs qataris, assiste à une la cérémonie de la Fifa, quoi de plus anodin; mais pourquoi semblait-il si indifférent à la cérémonie, comme s'il en connaissait déjà l'issue alors que la délégation qatarie manifestement jusqu'au dernier moment doutait de l'issue ?

Malik décida de mettre un nom sur ce visage. Impossible de demander au service du protocole de la Fifa la liste des invités. Restait la liste des invités au coquetel de l'ambassadeur. Le colonel Florent Boucher, le conseiller militaire de l'ambassade de France au Qatar, lui envoya la réponse par mail crypté; il s'agissait d'un certain Paul Maurice, agent sportif.

Malik apprit peu de choses sur internet sur Paul Maurice : ancien joueur de Ligue 1, passé par plusieurs clubs, carrière sans éclat, quelques temps entraîneur, sans grand palmarès, il avait créé sa boite, Foot-International, en 2005 dont l'objet social,

« recrutement de joueurs en Afrique et au Moyen-Orient », dénotait un sens certain de l'anticipation car le Qatar ne racheta le PSG qu'en 2011; Paul Meurice était inconnu de la police; le casier judiciaire d'un nouveau né. La société Foot-International était enregistré aux îles Cook, monarchie parlementaire du Pacifique, un des Etats les plus riches de la région, malgré l'absence de ressources naturelles et son éloignement ; archipel connu pour l'ika mata, un poisson cru mariné au citron et au lait de coco ainsi que pour son équipe de rugby à treize mais non pour être une grande patrie du football. Un paradis fiscal perdu dans le Pacifique. L'adresse de correspondance de Foot-International était une boite aux lettres chez un avocat de Zurich, là même où s'élevait le cossu siège de la Fifa.

Malik envoya une demande d'enquête sur Paul Meurice à Jean-Baptiste de Montgallet, le directeur de Tracfin cf Double Feu. La note lui parvint en moins d'une semaine. Tracfin n'avait pas repéré de mouvements financiers suspects de l'intéressé en France. Paul Meurice, de nationalité française, était domicilié fiscalement en Suisse. Seuls quelques retraits en liquide à des DAB, de faibles montants, étaient signalés en France. Tracfin avait demandé à quelques pays, membres du Gafi (Groupe d'Action Financière), collaborant activement à la lutte contre les paradis fiscaux, d'enquêter et la Belgique informait avoir repéré des retraits réguliers en liquide de Paul Meurice auprès de la filiale bruxelloise d'une banque des Emirats Arabes Unis, pour un montant total sur l'année 2014 de 50 000 €. Un recoupement avec le compte de la Ligue Musulmane Internationale, une association soupçonnée de financer les mosquées salafistes, au-delà de son objectif affiché d'entraide envers les musulmans nécessiteux, montrait le crédit de sommes identiques. L'hypothèse d'un financement des réseaux islamistes belges par le blanchiment de sommes versées à Paul Meurice par des richissimes propriétaires de clubs de football du Golfe était donc hautement probable. On pouvait également imaginer, raisonna Malik, qu'il s'agit de rétrocessions de la part du maquignon sur des commissions reçues lors de transactions sur des joueurs. Les montants de la corruption avancés par la juge Loretta Lynch, rendaient cette hypothèse très plausible. De l'argent de poche pour Paul Meurice qui commissionnait sur des transactions de centaines de milliers voire de millions d'euros.

De quoi financer des réseaux dormants pour des années quand on sait que l'on peut acheter une kalach' pour quelques centaines d'euros sur des sites internet.

Tracfin annexait également une note technique du Gafi sur le risque que certains de fonds douteux aient pu transiter directement dans les mains des banques passées sous le contrôle de Daech, indiquant que : « l' Etat islamique peut détourner le système, spécialement quand les banques sous son contrôle perdent leur accès au système financier international ». L'argent transite d'Irak ou de Syrie ou vers l'Irak et la Syrie par le biais des agences implantées dans les régions périphériques de sa zone de contrôle, voire des États voisins. Lors du G20, Michel Sapin, le ministre français des Finances, a plaidé pour resserrer les mailles du filet en traquant les transferts de faibles montants pouvant servir à financer des attentats.

16 - Activation de la cellule dormante

Le Drenec arriva le 5 décembre 2015, sans encombre, après son périple depuis la Syrie, à la gare de Lille d'où il appela un certain Louis Michel, qui figurait sur la liste de Mounir al Rouhani, un recruteur de Daech depuis qu'il avait exprimé le désir de partir en Syrie et qui avait été sélectionné par l'émir en charge des 'opérations extérieures'.

Le Drenec passa quarante huit heures à dormir dans le petit appartement de Michel. Le jeune homme était livreur chez Ch'ti Pizza et bossait entre dix-huit heures et une heure du matin. Le reste du jour, il le passait à jouer à Fifa 16 sur sa Xbox, gagnant des matchs imaginaires avec tout le cérémonial qui allait avec, bière l'Angelus et pizza Margarita qu'il ramenait gratuitement du boulot. Il était tout excité à l'idée d'héberger un djihadiste, un vrai, un gars qui avait tué avec une kalach' des soldats d'Assad et des peshmergas.

Drenec émergea de son sommeil comateux en milieu d'après midi et s'assit devant un café à la chicorée devant la table en formica du jeune type.

Il trempa une biscotte qui sentait la poussière dans la vase de son bol et interrogea l'inconnu :

- Tu t'appelles comment déjà ?

- Michel, Louis Michel

- Dans quel ordre ?

- Louis, c'est le prénom

- Et tu t'es engagé quand dans le djihad ? demanda Drenec voulant flatter le jeune très intimidé

- Il y a six mois déjà. J'ai commencé à regarder les vidéos de l'Etat islamique sur YouTube et à consulter des comptes Facebook de sympathisants. J'ai été contacté par un français, Mounir al Rouani, c'est son nom de guerre, je ne sais pas comment il s'appelle. On a tchatché. Le bombardement par les Mirage français des civils syriens m'a convaincu. Je me suis converti fin octobre.

- Bien venu au combat juste et nécessaire, répondit avec componction Drenec qui laissa passer un silence le temps de boire une gorgée de café, puis reprit, tu vas pouvoir participer à l'une des plus grandes batailles conduites par le Calife Ibrahim. On va commencer à battre le rappel de ceux qui vont faire parti du commando.

Drenec parlait d'une voix calme, presque détachée, comme un militaire qui vérifie son paquetage. Louis bandait du ton de commandement du costaud qui était assis dans son coin cuisine. Il semblait avoir dix ans de plus que lui, le visage fatigué, les yeux usés par les combats. Le minot né à Wasquehal était prêt à donner sa vie pour ce héros.

- Tu as une copine ? demanda, tout à trac, Drenec au jeune qui fantasmait, se faisant des films épiques dans sa tête, s'imaginant le visage dissimulé par un keffieh brandir un AK47 sur une vidéo de revendication, dans une confusion d'Assassin's Creed et de Flames of War, le film réalisé par al Hayat, l'agence de communication de Daech.

- Oui... non... enfin, pas une régulière. Pourquoi ?

- Personne ne doit venir ici. Tu comprends cela. Je suis fiché. Normalement, la police me croit mort mais les flics ne sont pas tous des cons. Ma fiche Interpol est peut-être encore active, donc je ne peux pas sortir jusqu'à ce que l'on passe à l'action. Je ne peux pas prendre le risque de me trouver nez à nez avec une meuf qui ira raconter à ses copines que tu as un nouveau cousin. Donc si tu dois tirer ta crampe, c'est ailleurs. Le mieux d'ailleurs, ce serait que tu te contentes de la branlette quelques temps et que tu te concentres sur le plan d'attaque. Je vais avoir besoin de toi.

Louis n'osa pas demander combien de temps allait devoir durer son abstinence et, de toutes façons, Lucie, ce n'était qu'un coup de temps en temps quand il avait les moyens de lui payer le ciné et un Mac Do (la demoiselle n'aimait pas les pizzas).

Drenec donna mille euros en billet de cent à Louis et lui dit d'aller acheter un ordinateur portable d'occasion à la boutique Cash'in de Marcq-en-Barœul. Il n'avait pas confiance dans l'ordinateur du jeune homme qui était peut-être vérolé par des virus téléchargés en piratant des vidéos porno ou des jeux sur des plateformes P2P. Ses balades sur les sites islamistes lui avaient aussi peut-être valu un cheval de Troie de la DGSI. Louis ramena un laptop HP d'occasion puis partit livrer ses pizzas. Drenec avait la soirée pour lever la troupe des agents dormants.

Drenec s'assit devant le nouvel ordinateur ; il établit une connexion sécurisée via Tor avec son compte de messagerie Telegram. Sauf si la police avait posé une dérivation sur le câble de téléphone de Michel, les échanges de l'ex-gendarme étaient intraçables. Il fit rapport à l'émir de sa bonne arrivée en France et demanda la liste et les coordonnées de l'équipe qu'il pouvait rassembler.

Une liste de cinq noms de sympathisants domiciliés dans la Métropole européenne de Lille lui fut communiqué avec les téléphones portables, les comptes Facebook et les mails des intéressés : trois hommes, Omar Abdelkader, Mustapha Gendouzi, Samir Heladj et une femme, Odile Bondues.

Pendant plusieurs heures, Le Drenec visita les pages Facebook des jeunes radicalisés. Le profil des jeunes français nés de parents marocains (Heladj) et algériens (Gendouzi et Abdelkader) était sans surprise. Ils avaient grandi dans des barres HLM, quitté l'école sans avoir le Bac, et vivaient de petits boulots et probablement de quelques menus trafics. Pas de vrai casier mais pour certains des bêtises d'adolescents mais en dessous des radars de la police et surtout des RT, les ex RG, probablement malgré leur gloriole militante sur leur page Facebook. Aucun n'était parti en Syrie. Ils en rêvaient mais avec les mesures de contrôle des frontières prises par la police dans le cadre de l'état d'urgence et, surtout, la fermeture par la Turquie de ses frontières avec la Syrie depuis que Daech avait mordu la main qui l'avait nourri pendant les années 2013 et 2014, faisant passer sans retenue les recrues et laissant prospérer la contrebande de pétrole irakien, le départ en pays de Cham était plus aléatoire.

Le Drenec organisa des rencontres avec chacun des quatre jeunes pour évaluer leur solidité car, protester de sa volonté d'aller rejoindre les rangs de l'Etat islamique dans une logomachie de mails romantiques est une chose, être prêt à revêtir une ceinture d'explosifs et tuer des dizaines d'inconnus, des hommes, des femmes et des enfants parfois, est autre chose.

Le profil d'Odile Bondues était le plus original. Une parfaite petite française avec sur son mur une photo d'elle en niqab croisant les doigts, mimant un rappeur américain. La jeune fille n'ayant pas pris la précaution de supprimer l'historique de ses pages, Drenec remonta ainsi le fil de la vie de la jeune femme qui avait ouvert son compte en 2010. Elle avait seize ans alors. Sa première photo de profil la montrait posant comme pour une sélection de mannequinat, le visage de trois quart, la bouche enjôleuse, les yeux trop, mal, maquillés, le tee-shirt moulant. Des posts reprenant des articles de Closer, des like de tubes de Ryana ou Shakira, tout le folklore d'une jeune adolescente banale puis elle s'enthousiasme pour le Printemps arabe, relaie les vidéos des manifestations des jeunes tunisiens puis égyptiens puis syriens. La répression féroce, inhumaine, des sicaires d'Assad la bouleverse. Confusion des combattants qui se lèvent contre le dictateur syrien ; son soutien passe de l'ASL à Al-Nosra, d'Al-Nosra aux kurdes, des kurdes à Daech. Le visionnage en boucle des films épiques célébrant le 'glorieux combat de moudjahidine de l'Etat islamique ' diffusés par Al-Hayat, des photos des enfants syriens le 5 mai 2015 assassinés au gaz chlore par les hélicoptères d'Assad, la convainquit : l'Etat islamique était LE combat légitime, juste, nécessaire. Il fallait arrêter les massacres d'innocents commis par le bourreau alaouite.

Le Drenec l'appela et lui donna rendez-vous au café tabac de l'Epeule à Roubaix. Elle vint vêtue à l'occidentale, ce que Drenec apprécia car cela dénotait de sa part du bon sens. Ils prirent un café en échangeant quelques mots banals comme de vieilles connaissances. Le Drenec la tutoya pour banaliser leur conversation que le patron et un client entendaient, sans même tendre l'oreille, dans les vingt mètres carrés du caboulot. Il lui proposa une promenade; ils s'assirent dans un square pour parler hors des oreilles indiscrètes. Odile raconta sa vie, sans direction, sans passion, superficielle jusqu'à ce qu'elle comprenne le « noble combat de soldats de Daech ». Jean l'interrompit dans sa narration en lui demandant de dire « Etat islamique » ou, encore mieux, « califat » car le mot « Daech » était utilisé, expliqua-t-il, par les politiciens occidentaux pour dénier la réalité étatique de l'organisation djihadiste. Odile écouta comme une bonne élève et reprit son récit. L'homme l'impressionnait par son charisme. Il émanait de l'inconnu une force tranquille qui la bluffait. Il était beau comme Daniel Craig ! Le Drenec quitta Odile, rassuré car la jeune femme, loin d'être godiche, avait montré de la résolution dans ses réponses. Un peu enthousiaste, fleur bleue, oui, mais d'une loyauté absolue. Les femmes faisaient souvent les kamikazes les plus résolues, savait d'expérience le soldat. Qu'elle soit un peu amoureuse de lui ne ferait qu'ajouter à son emprise sur elle.

Il convoqua le lendemain, séparément, les trois garçons et fut heureusement surpris. Abdelkader et Gendouzi n'avaient pas de casier, Samir Heladj avait été condamné, en 2012, pour un vol de scooter mais, mineur, n'avait pas été emprisonné; depuis il se tenait à carreaux affirmait-il. Seul Heladj fréquentait la mosquée, avait quelques notions de religion et parlait couramment arabe. Les deux autres ne connaissaient que des injures en arabe, leurs parents, ayant voulu les intégrer à leur terre d'accueil, évitaient de parler arabe à la maison. Le foot au bas de la barre d'immeubles, un peu d'herbe, le manque d'argent, l'ennui de journées à glander en jouant à la console de jeux ou à traîner dans le hall de l'immeuble pour embêter les voisins. Malgré leur affectation de petits mâles, Abdelkader et Gendouzi étaient, jugea Le Drenec, des jeunes types fragiles qui auraient du mal à gérer leur stress. Heladj semblait plus solide. Le Drenec savait qu'il allait devoir faire avec cette équipe de Pieds nickelés. Seul Heladj et surtout Odile lui semblaient dignes de confiance. Mieux valait ne pas trop tarder de crainte que les motivations s'évaporent ou qu'ils se laissent aller à des bavardages bravaches.

Ce que Drenec ignorait était que Heladj était une taupe.

17 - Gaz sarin $C_4H_{10}FO_2P$

Le Drenec avait décidé d'appeler son plan d'attaque Dabiq, du nom de la revue de propagande de l'Etat islamique, et de la ville de

Dabiq, ville syrienne située dans le gouvernorat d'Alep, qui, dans l'eschatologie islamique, sera le lieu d'une bataille marquant la victoire ultime des musulmans sur les Croisés i.e. les occidentaux. Le Drenec, avec cette emphatique propension de la propagande islamique pour l'Armageddon, voulait attacher son martyre à une grande victoire contre la France qu'il honnissait.

Son plan était de commettre un attentat avec un drone porteur d'une charge de gaz sarin. Pas un drone militaire de la taille d'un avion de chasse comme celui qui avait failli le tuer à Deir ez-Zor, non un drone civil, un drone de loisir. Il s'était intéressé à ces aéronefs que l'on guidait avec un téléphone portable. Avant de s'embrigader dans les rangs djihadistes, et de partir en Syrie, il avait acheté un drone Parrot pour s'amuser et lu des revues techniques. Il devait se vendre 1 000 000 drones de loisir en France, ce qui rendait, jugea-t-il, le traçage des achats par la police impossible. On achetait des drones plus facilement, avec moins de risque, moins cher qu'un AK 47 sur internet or un 'drone chimique' pouvait être autrement plus efficace, se dit Le Drenec.

Le gouvernement avait renforcé la réglementation par deux arrêtés du 17 décembre 2015 limitant, pour l'aéromodélisme de loisir, les vols à un plafond de 150 mètres, 50 en certaines zones militaires, et n'autorisant que des vols à vue mais n'introduisant pas d'obligation d'enregistrement des aéronefs, décidée par les Etats-Unis, la Chine et la Russie.

S'agissant des drones militaires comme les Raptor ou Predator américains, les pilotes des aéronefs, une fois leur objectif repéré par ses coordonnées GPS (repérage d'un téléphone mobile par exemple), ou identifié à vue lors de vols de surveillance, ciblent manuellement avec une mire, comme avec un fusil et tirent. Le pilote du drone voit la cible du ciel par des caméras et/ou des capteurs thermiques selon les conditions météo et de lumière ; il ne peut plus intervenir sur la trajectoire du missile une fois lancé, il ne peut que désactiver le missile en cas de contre-ordre décidé sur la base de la caméra embarquée sur le drone ou d'un renseignement fourni par un observateur sur le terrain, par exemple si la cible se déplace près d'une foule de civils. Les avions de chasse embarquent de même depuis la seconde guerre mondiale des caméras permettant de certifier les victoires en combat aérien, s'agissant des chasseurs, et d'évaluer les dommages causés, s'agissant des bombardiers. Le filmage de la trajectoire du missile par le drone et parfois par la munition elle-même jusqu'à son impact permet à l'attaquant de confirmer la destruction de l'objectif et jusqu'au nombre de morts ciblés et éventuelles victimes collatérales.

Le Drenec décida de frapper le 14 Juillet, jour de la fête nationale française pour assurer le plus grand impact médiatique à son attentat.

Le Drenec avait établi son QG dans l'appartement de Louis Michel, un modeste F2 d'une barre HLM. Il dormait sur le clic-clac et passait ses journées à réfléchir au plan d'attaque. Il donna à Michel deux mille euros en billets de cent lui ordonnant d'aller acheter à Paris, dans une boutique d'électronique du quartier Montgallet, un drone de marque Müller, à monter en kit, qu'il lui dit de payer en cash.

Le vendeur ne se surprit pas des 570 €, payés en espèces, pour le drone le plus performant et le plus cher de son magasin, à un jeune type qui avait l'air d'un loubard et non d'un geek. Les types, trafiquant dans les banlieues et maniant des coupures de cent euros, comme de la menue monnaie, qui lui achetaient sur un coup de tête du matos, le dernier iPhone, ou le dernier modèle d'Xbox, avec plusieurs centaines d'euros de jeux, n'étaient pas exceptionnels.

Le drone sélectionné par Drenec présentait une caractéristique, à ses yeux, décisive. Le drone pouvait être, classiquement, pilotée à vue par un opérateur équipé d'une console de guidage mais aussi, reprenant les capacités des matériels professionnels, voler en pilotage automatique sur des plans de vol préprogrammés grâce à des cartes géographiques préenregistrées et un repérage GPS. Les drones professionnels pouvaient ainsi survoler et filmer des lignes à haute tension, des forêts, des voies ferrées pour des inspections techniques. Certains drones disposaient même de détecteurs radar anticollision, leur permettant d'éviter des obstacles imprévus et envoyer en temps réel des alertes à l'opérateur qui pouvait reprendre la main en pilotage manuel.

Le Drenec savait que la police disposerait de brouilleurs de communications électromagnétiques le long du parcours du défilé militaire, et surtout autour de la place de la Concorde, pouvant bloquer la réception du signal GPS transmis par les antennes de téléphone mobile, temporairement hors de service pendant le brouillage, coupant les téléphones faute de couverture réseau. Il fallait donc contourner cet éventuel aveuglement du drone. Se contenter d'un pilotage par la centrale inertielle, comme pour les missiles V1 et V2 allemands, initiateurs de ce mode de pilotage pendant la seconde guerre mondiale, gérerait une direction et une altitude de vol grâce aux trois gyromètres et aux trois accéléromètres mais ne pouvait assurer qu'une précision de quelques dizaines de mètres, selon la distance parcourue depuis le point de décollage et le vent éventuel qui pouvait provoquer une dérive du drone. Une solution envisageable pouvait être d'utiliser un GPS satellitaire mais celui-ci pouvait être également perturbé par le brouillage électromagnétique. Au surplus, le poids des cellules satellitaires était dirimant, un drone ne pouvant emporter que le tiers de son poids or, rajouter un composant de réception GPS satellitaire, réduirait d'autant la capacité d'emport de charge chimique du drone. Enfin cela supposait de shunter la puce électronique GPS du drone sans assurance sur sa compatibilité avec le reste du firmware du drone.

Drenec envisagea alors la solution d'un guidage laser qui garantissait une précision de l'ordre du centimètre.

Un guidage laser du drone exigeait d'embarquer sur le drone un pod de guidage laser qui se dirigerait sur la cible 'éclairée" par un désignateur laser manié par Drenec. Les drones Müller, embarquaient un logiciel de pilotage développé par le projet sur 'open source ArduCopter selon la documentation technique du constructeur. Il fallait donc copier le programme du drone, le modifier pour substituer aux ordres de pilotage fournies par le pilote à partir de sa console ou, s'agissant du vol en pilotage automatique, à partir des coordonnées GPS et du plan de vol préenregistré par référence à une carte embarquée, les indications fournies par le système de guidage laser. Les drones de la taille d'un avion de chasse, Raptor ou Predator, utilisés par les américains, sont conçus pour voler à une grande altitude hors d'atteinte des missiles anti-aériens basiques, et embarquent des bombes guidées par GPS et/ou par guidage laser.

Le Drenec rechercha donc un système de guidage laser non militaire car ceux-ci ne sont pas en vente libre sur internet et toute démarche de sa part aurait lancé des alertes transmises par les fabricants aux services de police. Le système devait satisfaire à trois critères : 1/ le caractère civil du système de guidage 2/ sa miniaturisation et, partant, son poids, pour pouvoir l'embarquer sur un drone de loisir 3/ le logiciel de pilotage du système devait être en open source ou pouvoir être hacké pour programmer une boucle de codage communiquant avec le logiciel de pilotage du drone.

Les systèmes de guidage laser ne sont certes pas en vente dans les Fnac mais le guidage laser est utilisé par les tracteurs, les instruments de chantier ainsi que de nombreuses machines-outils, en particulier pour la découpe au micron de matériaux et de métaux. Le Drenec fit donc une recherche sur l'offre de machines-outils de découpe fabriquées par les constructeurs allemands, leaders mondiaux de ce type de matériels. Tous les dispositifs existants étaient conçus pour équiper des matériels de grande taille. Faute de dispositif miniaturisé, Le Drenec dut renoncer à cette option technique.

Poursuivant sa recherche sur les très nombreux sites de constructeurs de drones et blogs d'amateurs, il trouva la solution dans l'une des dizaines de vidéos postées sur les sites sociaux. Un aéromodéliste allemand, présentant le drone qu'il avait construit en kit, expliquait comment il avait programmé le logiciel de pilotage du drone pour se caler sur une balise de type Argos qu'il tenait à la main. Le bricoleur, un certain Karl

Drewitz, faisait décoller son drone classiquement, le lâchant de la main et le contrôlant avec une console mais, le drone une fois éloigné de plusieurs centaines de mètres, il activait la balise et coupait la commande manuelle. Le drone revenait alors vers la balise comme un chien rappelé par un coup de sifflet. Le pilote se déplaçait et alors le drone changeait sa trajectoire tel le chien à sa laisse. Il tenait la solution mais il lui fallait l'aide d'un geek capable de programmer le drone. Il envoya en ce sens une demande au commandement de Daech à Racca.

18 - Debrief

Gilal Meyer savait que Bassidi craindrait les représailles contre sa famille en cas de désertion flagrante. Il fallait lui ménager un alibi.

Les israéliens décidèrent donc de l'exfiltrer du territoire syrien avec la complicité d'Al-Nosra. Israel et Al-Nosra refusaient de reconnaître leur collaboration malgré les rapports en ce sens de l'Onu et les photos de soldats israéliens en conversation avec des miliciens d'Al-Nosra sur les hauteurs du Golan. Selon le Hezbollah, le bombardement ciblé israélien sur un convoi, causant, le 17 janvier 2015, la mort de six de leurs combattants et d'un général iranien, avait été conduit sur une information fournie par Al-Nosra à Israel. Bachar al Assad avait dénoncé également cette supposée connivence.

Bassidi décida, contre l'avis de l'officier du Hezbollah qui le secondait, de conduire une incursion en territoire Al-Nosra pour, prétendit-il, évaluer de visu les positions ennemies en vue d'une attaque. Il garda, contre toute règle de silence radio en mission d'infiltration, son téléphone activé dans sa poche, donnant ainsi un repère GPS au commando de dix hommes du Shayetet 13, l'unité d'élite de la marine israélienne, qui l'attendait en embuscade. Les commandos israéliens tuèrent sélectivement les quatre hommes de l'escorte du colonel iranien, saisirent celui-ci, l'endormirent d'une piqure déconnectèrent son téléphone puis l'exfiltrèrent en hélicoptère vers Israel distant de cinq minutes de vol. Les miliciens d'Al-Nosra tournèrent le dos pendant cette opération et, une fois le commando avec son otage, revenu en territoire hébreu, publièrent l'attaque israélienne, en faisant état de cinq morts. L'Iran et le Hezbollah réclamèrent les corps mais Al-Nosra prétendit que le pick-up les transportant avait été pulvérisé et entièrement carbonisé par un missile tiré par Tsahal.

Le colonel iranien, toujours endormi, fut transféré dans un SUV militaire qui le conduisit dans un centre secret d'interrogatoire du Mossad, abrité dans une ferme isolée du désert du Néguev. L'isolement de l'exploitation agricole située en haut d'une colline permettait de surveiller les alentours de dix kilomètres à la ronde. Le paddock où l'on faisait trotter à la longe des chevaux deux fois par jour pour tromper une éventuelle surveillance satellitaire ennemie servait d'aire d'atterrissage pour hélicoptères. Seuls quelques hauts gradés du Mossad connaissaient la localisation du centre. La CIA qui connaissait son existence mais, pas son implantation, l'appelait le 'Guantanamo israélien'.

Bassidi se réveilla sur un lit picot, dans une cellule, petite, mais d'une propreté d'hôpital, sous le regard d'un gardien assis sur une chaise. Il voulut se redresser mais retomba en arrière retenu au mur par une menotte.

Libéré, il put sous la surveillance de deux gardiens se rafraîchir et même se restaurer d'un café et de pain. Conduit dans une salle d'interrogatoire dont un miroir sans teint formait un mur entier, il fut laissé sans chaînes sur une chaise avec une bouteille d'eau.

Un quart d'heure s'écoula dans un silence absolu. L'officier, se sachant observé, se contraignait à afficher une apparence calme, s'interdisant de marcher en long et en large, restant assis, attendant, l'expression vide.

« Bonjour colonel ! » lança avec entrain, en anglais, un homme en civil d'une cinquantaine d'années, en entrant dans la pièce. La même voix que celle de son correspondant.

Râblé, visiblement un ancien commando, l'israélien s'installa d'un pas souple de l'autre côté de la table, posant une bouteille d'eau.

- Bon, on va se passer de préliminaires, si vous le voulez bien. Le deal est simple : soit vous nous livrez quelques informations intéressantes, soit nous vous vous déposons de l'autre côté de la ligne Bravo après avoir envoyé à Ahmad Vahidi vos relevés bancaires.

Se demandant ce qu'il pourrait lâcher sans trop trahir l'Iran mais en sauvant sa peau, Bassidi demanda pour gagner du temps :

- Que voulez-vous savoir ?

- Commençons par les effectifs et la localisation des pasdarans et autres forces iraniennes en Syrie.

Bassidi donna les informations demandées sans trop hésiter car il savait que le Mossad disposait déjà de par sa surveillance satellitaire, ses drones, ses espions et la collaboration avec la CIA de la quasi totalité des informations. De fait Gilal Meyer n'avait posé cette première question que pour tester la bonne volonté du captif et l'honnêteté de ses réponses.

- Bon, maintenant, expliquez-moi quels sont les perspectives. L'Iran entend-il renforcer le contingent de pasdarans et/ou ceux du Hezbollah ?

L'Iran faisait en effet courir le bruit d'une démobilisation progressive du territoire syrien. Le Mossad considérait cette rumeur comme de la désinformation car comme le disaient en privé avec mépris certains hauts gradés iraniens : « Assad est notre collaborateur ».

Le prisonnier répondit :

- Les modérés autour du Président Hassan Rohani prennent aujourd'hui cette posture, mais les religieux ne les laisseront jamais lâcher Assad de peur que les sunnites de Daech ne prennent le contrôle de la Syrie. Il est tout aussi inacceptable pour eux de laisser les wahhabites saoudiens venir renverser les alaouites. Tout cela c'est de la gesticulation pour donner des signaux positifs à Obama pour obtenir d'ultimes concessions sur le dossier nucléaire.

- Quel est le niveau de collaboration des forces syriennes avec les troupes russes sur le terrain ?

- Les russes ne sont pas nos alliés, ils ont leurs intérêts propres ; notre combat en Syrie et en Irak est avant tout religieux, par solidarité avec nos frères chiites et pour défendre nos lieux saints, en particulier à Karbala le tombeau de l'imam Ali. Les russes veulent garder leur base navale à Tartous, éradiquer l'Etat islamique avant qu'il ne vienne plus gangrener les Etats musulmans de la Fédération de Russie. Poutine est obsédé par le précédent tchétchène et par le phantasme d'une Russie à nouveau puissance sinon mondiale, du moins régionale en Europe orientale et Asie centrale. La Mer noire comme marre nostrum russe. Iraniens et russes ont un intérêt commun en Syrie, sauver la peau d'Assad, c'est tout.

- Merci de m'épargner ce bullshit sur les motivations religieuses ; tout le monde sait que l'Iran veut pouvoir poser son pipeline gazier jusqu'à la Méditerranée. Essayez de répondre plus sérieusement à la question suivante : quelle évaluation fait l'Iran de la coalition occidentale ?

- Il se tue moins de djihadistes qu'il ne s'en recrute chaque mois. Les chefs se cachent au milieu de la population civile et à moins de multiplier les vraies fausses bavures comme celles commises par les américains en Afghanistan, les bombardements sont surtout de la gesticulation. Les français sont les plus grandes gueules. Avec cinq pour cent des frappes, ils prétendent exercer un magister de la parole. Ils sèment le vent, ils vont récolter la tempête des attentats perpétrés par les djihadistes français infiltrés de retour de Cham.

- Les français ne sont pas nos meilleurs soutiens mais la DGSI a les moyens de repérer les faux repentis et de traquer les agents dormants, il faut leur reconnaître ce mérite, objecta le colonel du

Mossad, pour pousser l'officier iranien à en dire plus.

- Sans blague ? Attendez quelques mois et vous verrez que les pires cauchemars d'Hollande deviendront réalité quand quelques anciens militaires français convertis viendront semer la terreur en France.

- Vous avez des noms ?

- On a capturé et fait parler un djihadiste français de Lunel qui nous a parlé d'un certain Jean Le Drenec alias Mahmoud al Faransi.

Gilal Meyer se demanda immédiatement ce que le Mossad pourrait troquer avec la DGSI contre cette information sensible.

19 – Brocéliande

Parmi les jeunes occidentaux ayant rejoint les rangs de l'Etat islamique se trouvaient plusieurs hackers qui mettaient à son service leurs compétences pour défacer des sites internet comme celui en direct de TV5 Monde en avril 2015. Un hacker anglais connu pour avoir piraté le carnet d'adresses de l'ancien Premier ministre Tony Blair avait réussi à défigurer le compte Twitter du Centcom en janvier 2015 en y faisant apparaître un personnage coiffé d'un keffieh et un slogan signé ISIS. Bernard Cazeneuve, le ministre de l'Intérieur, avait chiffré, en janvier 2015, à " plus de 1300 attaques celles revendiquées par des équipes de hackers se revendiquant d'organisations islamistes touchant 25 000 sites ". Les exploits de ces hackers islamistes contribuaient à propager auprès des jeunes accros de technologie une image 'cool' et rebelle. Ces experts en informatique étaient de plus en plus sollicités pour sécuriser les échanges électroniques entre les échelons de commandement et se protéger contre les 'longues oreilles' de la NSA et des autres services de renseignement ennemis. Les experts informatiques avait ainsi rédigé l'ISIS OPSEC Guide (Guide de sécurité informatique de Daech) indiquant aux combattants comment anonymiser leurs adresses mail, désactiver la géolocalisation de leurs photos ou encore utiliser les messageries invulnérables aux intrusions de la NSA.

Le Drenec reçut du commandement de Daech les coordonnées d'un certain Serge Rachek. Diplômé de Sup Info Paris, le jeune homme avait développé, pour se faire connaître, avec des copains une app de géolocalisation de Vélib, retiré de l'Apple store, suite à une plainte pour contrefaçon d'un autre éditeur, puis il avait cloné une app de pilotage de drones Tropa mais qui avait été retirée du Google play suite à une plainte du constructeur. Il s'était radicalisé, au départ par antisémitisme, parce que les plaignants étaient tous les deux israélites. Depuis, il échangeait des potins techos sur le forum animé par la cellule de veille informatique de Daech sur le darknet, en liste d'abonnés fermée.

Le Drenec et Rachek ouvrirent un fil de discussion sur la messagerie Telegram qui garantissait des chats sécurisés de bout en bout par un protocole crée par Nikolai Durov basé sur un chiffrement AES-256, celui la même utilisé par la NSA, l'un des algorithmes de cryptage aujourd'hui le plus fréquemment utilisé et le plus sécurisé. Pour leur anonymat mutuel, les deux conspirateurs utilisèrent même des pseudos; Serge Rachek avec cet humour potache propre aux geeks, se déclara comme Dark vador, tandis que Le Drenec choisit un pseudo breton : Brocéliande. Drenec l'informa qu'il allait être mis dans la confidence de la préparation d'un projet d'attentat « qui ferait encore plus de bruit que celui du 11 septembre mais qu'à la moindre indiscrétion de sa part, même auprès de moudjahidine, il serait mis dans une cage et brûlé vif comme le pilote jordanien en février 2015, car si, tu ne me connais pas, moi je sais comment te retrouver » précisa, menaçant, Le Drenec.

Le Drenec expliqua à Rachek le mode opératoire : l'attaque par un drone, en vol automatique aux instruments, sans intervention humaine, guidé par calage GPS sur un plan de vol préenregistré et, en cas de brouillage GPS, par un basculement automatique sur un guidage sur une balise Argos cible, lui demandant si, à son avis, c'était faisable de hacker les programmes de pilotage du drone et de les adapter à ce double mode alternatif et redondant de pilotage automatique.

Serge Rachek écouta attentivement, visionna la vidéo YouTube mise en ligne par Drewitz, puis répondit : « Sur le principe, c'est faisable. Le programme utilisé par le type est basé sur un logiciel open source donc librement accessible. Je peux soit reprogrammer la boucle de programme donnant la main au guidage Argos, soit même, pour aller plus vite, aller le récupérer sur son site, s'il ne l'a pas encore partagé avec la communauté open source. Je regarde cette nuit si je peux entrer sur son site perso et on se reparle demain.

Le lendemain, c'est un Rachek, excité comme un gamin, que Le Drenec retrouva sur le chat Telegram.

- J'ai une bonne nouvelle pour toi ! Karl Drewitz fait du support et de la télémaintenance de son club de followers Twitter. Il passe ainsi des patchs et récupère des données d'utilisation des drones utilisant son logiciel. Je me suis inscrit sous un pseudo avec un IP intraçable et il m'a gentiment envoyé le programme. Manque plus qu'un drone, une console de pilotage et une balise Argos. Tu peux tout commander par internet et dès que tu as récupéré le matos et monté le drone, je télécharge le logiciel sur la console et on fait les tests. Il faut juste commander une console qui ait un port internet, j'ai déjà repéré plusieurs modèles qui vont bien. Je t'envoie les références de la console ainsi que celles d'une balise Argos programmable. J'ouvrirai un VPN pour télécharger le logiciel sur la console et de là, via la console, sur le drone. On s'assurera, dans un premier temps, en chambre, que le firmware du drone voit bien la balise et, ensuite, on fait des essais de pilotage en extérieur. J'aurais auparavant installé une backdoor sur la console de pilotage et sur ton téléphone pour pouvoir suivre à distance le vol d'entraînement à partir de la caméra embarquée du drone. Il suffit que tu mettes ton téléphone en mode borne wifi comme cela je vivrai en live le vol d'essai ! Tu te mets sur un parking ou un autre endroit assez dégagé, sans arbres, de ton choix, et on fait un test en grandeur réelle. Tu poses une cible, disons à deux cent mètres, tu récupères ses coordonnées GPS avec ton téléphone, tu les saisis sur la console qui sélectionnera automatiquement la carte du lieu où tu te trouves, tu fais décoller, il prendra la bonne direction tout vers la cible; j'ai programmé un arrêt du pilotage GPS au bout de cinq secondes pour passera la main au guidage Argos. Le drone va alors revenir vers toi comme un toutou.

- Super ! J'approvisionne deux jeux de matériels au cas où on crashe le vol inaugural et on se reparle.

Par prudence, Le Drenec fit commander par Louis Michel d'un cybercafé de Lille sur le site marchand du fabricant Müller deux drones en kit, qu'il fit livrer à l'appartement de Louis Michel. Le matériel fut expédié en moins d'une semaine. Il informa le jeune homme qu'il serait le pilote du drone, lui le fondu de Flight simulator. Michel fut tout excité à l'idée de jouer à l'attentat. Il se voyait déjà dans la peau des kamikazes qui avaient précipité les Boeing 767 sur les Tours jumelles de Manhattan.

Le Drenec et Michel testèrent avec succès la bonne réception par le drone des indications fournies par la balise Argos. Un dimanche, ils effectuèrent avec succès un vol d'essai et un test en grandeur réelle du calage directionnel sur la balise Argos sur une piste de karting abandonnée.

Restait le risque auquel Le Drenec ne pouvait parer : que le drone soit abattu en vol par un tir conventionnel d'une arme à feu ou capturé par un drone chasseur de drone ; ces drones de grande taille qui, comme un rapace capture un pigeon entre ses serres, lâchent un filet au dessus du drone ennemi. Au pire, le drone s'écraserait alors au sol, brisant la fiole de gaz sarin causant la mort des personnes situées sous le point de chute mais manquant la cible : la tribune officielle.

Ce qu'il fallait c'est pouvoir faire s'envoler le drone prés de la place de la Concorde pour espérer, même en cas de destruction en vol du drone, qu'il s'écrase à proximité de la tribune où se trouverait François Hollande, causant l'évacuation en urgence, sous les caméras du monde entier du Président français et la mort de quelques dizaines au minimum de spectateurs et de forces de sécurité. Le succès médiatique de l'opération était ainsi assuré. Mais comment trouver un point de décollage proche ? La place de la Concorde et tout le quartier seraient sous haute vigilance humaine et électronique.

Le Drenec mit plusieurs semaines à trouver la solution.

20 - Deal DGSI-Mossad

La vente de 24 avions Rafale standard 3 de Dassault Aviation à l'Egypte, le 16 février 2015, donna matière au troc entre le Mossad et la DGSI.

Les rapports entre Israël et l'Egypte du Général Abdel Fattah al-Sissi étaient confiants à nouveau, après le renversement en juillet 2013 par un putsch militaire du Président élu, mais islamiste, Mohammed Morsi, rétablissant la ligne Sadate-Moubarak, celle du maintien de la paix entre Israël et l'Egypte. L'Etat hébreu conservait pourtant une ligne de survie paranoïaque, voulant se protéger du pire, et le pire, s'agissant de l'Egypte, était un retour des Frères musulmans au pouvoir au Caire.

Certes Egypte et Israël avaient un ennemi commun : les Frères musulmans et autres groupes islamistes qui, bien que pourchassés sans répit par le gouvernement dictatorial égyptien, commettaient des attentats sur le sol égyptien et des attaques dans le Sinaï. Si l'Egypte de Morsi avait été proche de la Turquie d'Erdogan, celle de Sissi prenait quelques distances vis-à-vis des Etats Unis en réchauffant ses relations avec la Russie de Poutine et en réaffirmant sa volonté de paix avec Israël. Tout cela convenait à Israël mais la règle de survie d'Israël était de se préparer en permanence aux scénarios du pire et donc de tout faire pour garder une supériorité militaire sur ses voisins.

L'armée de l'air égyptienne est forte de 1100 avions de combat dont 200 F-16 block 52 américains et de 245 hélicoptères armés ce qui en fait, en nombre, la plus la plus importante force aérienne de l'Afrique et du Moyen-Orient. Les Etats-Unis sont son premier fournisseur d'équipements militaires. Paris est toutefois également un allié historique du Caire, la France lui ayant fourni depuis le début des années 1970 des Mirage 5, des Alpha Jet et des Mirage 2000. La livraison de

Rafale présente aux yeux des égyptiens l'ambition de disposer d'avions de supériorité car les F-16 égyptiens sont très dépendants du support américain et ont des performances inférieures aux F-16 livrés aux israéliens.

L'armée de l'air israélienne aligne en effet moins d'unités mais dispose d'une supériorité sur ses voisins. Ses 324 chasseurs-bombardiers General Dynamics F-16 sont des versions Fighting Falcon supérieurs aux F-16 Blocks égyptiens. Elle dispose par ailleurs de 83 intercepteurs et chasseur-bombardiers McDonnell Douglas F-15 Eagle ainsi que de 181 hélicoptères ainsi que des drones, des satellites et des missiles balistiques.

Le chasseur F-16, l'avion de combat multi-rôles développé par General Dynamics pour les États-Unis dans les années 1970, puis vendu à plus de 20 pays différents, est l'avion de chasse le plus utilisé dans le monde avec plus de 2000 appareils en service soit 15 % de l'ensemble des avions de combat dans le monde. Le F-16 a été engagé dans de nombreux conflits. Sur 200 000 sorties enregistrées, il n'a été abattu que 6 fois par la défense antiaérienne ; une fois par un Mirage 2000 grec en combat aérien avec un F-16 turc le 8 octobre 1996. Cette seule défaite aérienne face à l'avion français était restée dans la mémoire des experts israéliens, inquiets de la supériorité potentielle du Rafale conçu dans les années 80 et équipés de dispositifs de furtivité actifs et passifs.

Le Rafale vole certes à seulement Mach 1.8 contre Mach 2.04 pour le F-16 Falcon mais il est de conception plus récente. Malgré la supériorité des pilotes israéliens sur les pilotes égyptiens démontrée lors des confrontations aériennes de la guerre des Six jours de 1967 et celle dite du Kippour de 1973, Israël ne pouvait prendre le risque de se faire surclasser en matériel par la livraison des redoutés Rafale français.

Le Mossad était donc extrêmement désireux de connaître les spécifications détaillées des chasseurs bombardiers achetés par les égyptiens, avec l'aide de l'Arabie saoudite, pour évaluer et parer la menace éventuelle représentée par ces avions de nouvelle génération, livrés dans la version Rafale standard 3 à l'Egypte, dans l'attente des versions 4 et 6, à horizon 2060.

L'embargo sur les livraisons de matériel militaire français à Israël décrété par le général de Gaulle lors de la guerre du Kippour avait durablement rompu la confiance avec la France. Le plan du Mossad pour faire exfiltrer des Mirage 5J par des pilotes israéliens en entraînement en Corse et en Sardaigne avait échoué mais pas le détournement de deux frégates rapides en construction en Bretagne. Avec la complicité non avouée de Dassault, deux Mirages avaient été néanmoins, secrètement, livrés en kit à Israël lui permettant de développer sa copie israélienne : le Kfir.

Le Mossad habituellement refusait de contacter directement la DGSI, estimant la France insuffisamment fiable du fait de sa politique jugée trop pro palestinienne et de sa prétention à jouer un rôle de médiation dans le conflit avec Israël. La CIA servait d'intermédiaire, autant que nécessaire, entre le Mossad et la DGSE et la DGSI. Cette fois, le Mossad décida de traiter, en secret de l'allié américain, directement avec la DGSI.

Une entrevue 'off' entre l'ambassadrice d'Israël en France et Yves le Drian, le ministre de la Défense français, fut ménagée au domicile d'un riche industriel franco-israélien, situé Villa Montmorency, à Paris, qui jouait les bons offices.

Le dossier rédigé par les services du Mossad pour préparer l'entrevue présentait le ministre comme 'en retrait' sur la question israélienne laissant son collègue des affaires étrangères incarner le grand écart français entre un soutien de principe à Israël et un appel au compromis avec les palestiniens.

L'hôte se retira, abandonnant dans le fumoir le ministre et l'ambassadrice à leur entretien confidentiel.

L'ambassadrice décida d'engager l'échange en mettant son interlocuteur dans une position d'accusé pour mieux négocier son atout.

- Bonjour monsieur le ministre, je suis ravie de vous rencontrer chez notre ami commun. J'aurais aimé que cela soit dans des circonstances plus heureuses...

- Le plaisir est réciproque, madame l'ambassadrice, mais qu'est-ce qui vous préoccupe donc ?

- La France vend sans aucune mesure des armes aux pays du Golfe et à l'Egypte. Des Rafales à l'Egypte, demain au Qatar et aux Emirats Arabes Unis, des frégates à l'Egypte, 8 milliards d'euros à la seule Arabie saoudite entre 2010 et 2014, 2 milliards aux Emirats, 500 millions au Qatar, selon vos propres chiffres !

- Ce sont, pour l'essentiel, des matériels défensifs et vous le savez. D'ailleurs les Etats que vous citez sont des soutiens de la paix au Moyen-Orient et ne souhaitent pas à nouveau entrer en guerre avec Israël et ça, vous le savez aussi.

- Il y aurait beaucoup à dire sur l'hypocrisie des Etats du Golfe, en particulier le Qatar, qui affiche un visage occidentalisé ici en France mais finance par centaines de millions le Hamas et le Munjao qui tue vos soldats.

- Nous appelons, vous le savez, le Qatar à la retenue sur ce point et nous félicitons de la responsabilité montrée par les autorités qataries qui ont procédé à l'expulsion d'agitateurs salafistes.

- Gesticulation ! Nous faisons face à la menace d'une nouvelle Intifada et nous ne comptons plus les tentatives d'intrusion des islamistes infiltrés au Sinaï.

- La France reste à la disposition d'Israël pour œuvrer à un processus de discussion en vue d'un règlement durable du conflit avec les palestiniens.

Un silence s'établit entre les deux interlocuteurs qui n'avaient cédé, ni l'un ni l'autre, un pouce de terrain dialectique. L'ambassadrice décida de relancer le jeu par une ouverture gagnant/gagnant.

- Pour vous montrer la volonté de mon gouvernement de renforcer la confiance entre nos deux pays, nous sommes en situation de vous livrer une information importante du Mossad pour votre sécurité intérieure.

Le ministre français se tut, attendant que son interlocutrice découvre de nouvelles cartes.

- Mais nous souhaitons, qu'en échange de cette information, la France nous donne un témoignage de son amitié pour Israël.

- Il faudrait que vous m'en disiez un peu plus pour que je puisse répondre à votre proposition de deal.

L'ambassadrice tordit imperceptiblement le nez au terme deal même s'il s'agissait bien d'un troc, le terme était peu diplomatique.

- Vous le savez une des plus grandes menaces pour la sécurité intérieure de la France et le retour secret de djihadistes français se transformant en agents dormants et préparant des attentats.

- Et vous disposez d'une information qui aurait échappé à nos services de sécurité ?

- Oui.

- Et que demandez-vous en échange de cette information ?

- Peu de choses. Des précisions sur quelques spécifications techniques des 24 Rafale standard 3 vendus à l'Egypte.

- J'aurais préféré que vous vous les procuriez par vos propres services.

- Cela prendra un peu de temps ; et, comme vous savez que nous les obtiendrons, autant nous les procurer directement, cela nous fera gagner du temps et, du temps, vous en avez peu pour contrer la menace dont nous parlons. Le combattant français de Daech doit s'infiltrer dans les tous prochains jours en Europe.

- Je vous donnerai ma réponse demain matin. Bonsoir, madame l'ambassadrice.

Le Ministre était décidé à accepter le troc mais il se couvrit en repartant chez lui dans sa voiture blindée par un appel de son téléphone sécurisé au Président François Hollande.

Dés le lendemain, Paul Vralac, le Directeur de la DGSI reçut du directeur de cabinet du ministre un message communiquant le nom de Jean Le Drenec alias Mahmoud al Faransi, soupçonné de chercher à s'infiltrer en Europe puis en France, sans indiquer la source de l'information, conformément au deal.

Le Drenec était fiché à la DGSI comme particulièrement dangereux compte tenu de son entraînement militaire. Le capitaine Morel reçut l'ordre de mettre immédiatement en place un plan de repérage du djihadiste français. Compte tenu de l'urgence et de la surcharge de travail du service, Morel décida de sortir Malik de ses tâches de documentation et de l'affecter à cette mission.

21 - La taupe

Le 12 février 2000, Samir Heladj, âgé alors de quinze ans, vola une mobylette pour aller faire un rodéo sur le parking désert de l'Auchan de Villeneuve d'Ascq Le vigile prévint la police qui hésita à venir car cela faisait partie du plaisir des gamins de jouer au gendarme et au voleur. A chaque fois, les jeunes réussissaient à leur échapper, jouant au Yamakasi à motos, ils filaient à contresens dans des contre-allées trop étroites pour la voiture de patrouille ou déboulaient des escaliers que n'osait pas emprunter les policiers qui ne voulaient pas rejouer Taxi 2.

Ce soir, ils vinrent pourtant et réussirent à coincer l'un des indiens : Samir. Le gamin n'avait pas de casier et aurait pu s'en tirer par une soirée au poste et une admonestation mais la mobylette avait été déclarée volée ; il leur fallut faire un procès-verbal et déférer le délinquant au procureur qui, compte tenu de l'âge et de l'absence d'antécédents, hésita mais le fit déférer devant le tribunal pour mineurs qui lui infligea une vingtaine d'heures de travail d'utilité publique. Le gamin avait un début de casier.

Un éducateur Mohammed Fitouni cf Exposée fut chargé de suivre le jeune pour éviter qu'il ne fasse de plus grosses bêtises. Le gamin réussit à trouver un boulot de magasinier à temps partiel par une agence d'intérim. Il semblait se ranger des voitures. L'éducateur remarqua pourtant que Samir s'était mis à fréquenter la mosquée alors que ses parents, des marocains, n'y allaient pas.

L'éducateur signala le fait au policier des RT qui venait une fois par semaine prendre la température du quartier en offrant un café à l'éducateur en lui fixant rendez-vous en centre-ville de Lille pour préserver sa réputation auprès des jeunes.

Alain Demeulenaer, l'officier des RT décida de mettre Samir sous surveillance car la mosquée où il pratiquait été animée par un imam classé salafiste.

Six mois plus tard, Heladj venait de fêter ses dix-huit ans, un vol fut découvert dans l'entrepôt où travaillait Samir ; il n'était pas coupable mais, comme dernier embauché, et 'arabe', le responsable du magasin, encarté au Front national, le désigna comme suspect à la police.

Samir, convoqué au Commissariat, se retrouva assis face à Demeulenaer qui décida de tenter de le recruter.

- Bon, Samir, tu es dans une mauvaise passe

- C'est pas moi et vous le savez

- Ce que je sais, moi, c'est que ton patron te soupçonne

- Il aime pas les arabes, il vote FN et en est fier cet enc'

- Tatatata. Ne faisons pas de politique si tu veux bien. D'ailleurs tu n'es pas arabe, tu es français; arabe, ce n'est pas une nationalité. Et comme tu es français tu auras droit à une enquête impartiale et, le cas échéant, un procès juste, si, et seulement si, tu es inculpé. Non, ce qui est embêtant, c'est que Cussopel, ton boss, il a déposé plainte et on est obligés de faire une enquête. Le Cussopel va te flanquer à la porte pour faute lourde. Dans un an, au mieux, si tu es disculpé, tu pourras le traîner devant les Prud'hommes et, un à deux ans plus tard, espérer, je dis bien, espérer, une indemnité pour licenciement abusif.

- Et à part me faire baiser par le système, vous proposez quoi ?

- Moi, je sais comment convaincre Cussopel de retirer sa plainte et même te garder

- C'est quoi le deal ? Qu'est ce que vous attendez de moi ?

- Pas grand chose

- Ouais, mais c'est quoi le 'pas grand-chose' ?

- Juste que tu me dises qui fréquente la mosquée où tu pries

- Je peux pas faire ça

- Bon, tant pis, on n'a plus rien à se dire.

Demeulenaer se leva en faisant crier la chaise métallique sur le carrelage de la sale d'interrogatoire, et se dirigea vers la porte en sortant son paquet de cibiches. Il passait la porte quand Samir le rappela.

Samir devint ainsi, en un instant, indic, et depuis la peur ne le quittait plus. L'imam de sa mosquée faisait des prêches sur la légitimité du djihad pour défendre la sunna. Quelques fidèles avaient des conciliabules secrets avec l'imam après la prière. Samir comprit qu'il les renforçait dans leur résolution de partir en Syrie. Samir surprit un jour une conversation entre deux gars. Le plus âgé expliquait à l'autre qu'il venait de souscrire un crédit Socinfo de 2000 € gagés par son cousin qui allait partir également avec lui le mois prochain. Il se préparait à payer leurs billets d'avion pour Istanbul avec cet argent kâfir et « partir faire le djihad ». Le type blaguait sur cette arnaque en expliquant que puisque l'islam refusait le prêt à usure, voler cet argent n'était que justice, c'était halal.

Samir informa Demeulenaer sur ces candidats au djihad. Derrière les vitres teintées de la voiture sous-marin des RT garée aux abords du gymnase qui servait de salle de prière, les policiers photographièrent les deux musulmans radicalisés et ouvrirent une fiche S (Sureté de l'Etat) dans le fichier des personnes spécialement surveillées car évaluées à risque voir basculer dans des actions terroristes. Le fichier S, contenant plus de dix mille signalements, avertissait les forces de police en cas de contrôle aléatoire du profil de la personne sur laquelle le préposé devait recueillir tout élément d'information sans l'alerter. Après les attentats de novembre 2015, la révélation que certains terroristes étaient fichés 'S', avait conduit quelques politiciens à réclamer, l'internement administratif préventif des intéressés. D'autres, dans le concours Lépine, des propositions formulées sous le coup de l'émotion, avaient demandé la pose de bracelets électroniques.

L'angoisse de Samir que les salafistes repèrent la filature et recherchent un mouton dans le groupe des dévots devint extrême. Il s'imaginait déjà égorgé comme le mouton de l'Aïd-el-Kébir. Samir pensa un moment cesser d'aller à la mosquée mais l'officier des RT lui ordonna de n'en rien faire, disant que ce serait le meilleur moyen de semer l'alerte et de « se faire dessouder par ses potes salafistes ».

Samir comprit qu'il était entré dans le second cercle de l'enfer ou pour parler comme lui, qu'il était 'dans la seringue'.

Quand il reçut l'appel de Le Drenec qui le convoquait dans un café de Marcq-en-Barœul, il sut que le ciel venait de lui tomber sur la tête. S'il avait lu Dante, il aurait compris qu'il était entré dans le septième cercle, celui de la violence.

Demeulenaer remonta l'information à la Direction centrale des RT qui partagea le tuyau avec la DGSI. Considéré comme le spécialiste des réseaux djihadistes dans le plat pays depuis son démantèlement d'une filière qui préparait un attentat à la Foire de Lille en 2014, Malik reçut l'alerte pour évaluation. cf Exposée

La porosité des réseaux islamistes radicalisés entre la France et la Belgique avait été tristement démontrée par les attentats du Bataclan. Malik communiqua l'alerte à son homologue de la Sûreté de l'Etat belge. Lille pouvait servir de hub à des cellules de Daech ou Al-Nosra préparant des opérations terroristes, il fallait donc être en vigilance maximale.

22 - Le traitre

Gendouzi avait, par bravade, posté sur son compte Facebook la revendication par l'Etat islamique des attentats du Bataclan de novembre 2015. Le scan par la NSA des mots clés postés sur les comptes Facebook remonta l'information qui fut transmise à la DGSI.

Le portable de Gendouzi fut mis sous écoute. L'appel de Le Drenec fut repéré et analysé. L'appel était émis par le numéro d'une carte prépayée qui fut tracée jusqu'au kiosque de journaux de la gare de Lille Europe. Seuls les enregistrements vidéo des deux derniers jours avaient été conservés; la carte avait été probablement payée en liquide; la piste s'arrêtait là. Le numéro appelant fut mis sous écoute mais en vain. L'interlocuteur de Gendouzi avait certainement la prudence de changer régulièrement de cartes prépayées, jugea Malik. L'opérateur téléphonique situa l'appel comme émis dans le centre ville de Lille. L'hypothèse d'un réseau s'activant semblait donc fort probable. Malik éleva le niveau d'alerte et demandant aux RT de mettre Gendouzi sous filature.

Le 10 juillet 2016, Gendouzi sortit de chez lui pour rejoindre le groupe d'activistes convoqué par Le Drenec. L'équipe des RT en filature piétinait depuis plusieurs semaines. Son téléphone portable ne révélait aucune information utile. Le type échangeait des mails cryptés via Tor sur des messageries sécurisées; impossible de les ouvrir. Il fut décidé de sonoriser l'appartement et de poser une dérivation sur l'accès internet et un cheval de Troie sur sa bécane pour shunter l'encryptage en récupérant la frappe du clavier.

L'équipe spécialisée entra dans l'appartement de Gendouzi dès que l'agent qui le filait annonça qu'il entrait dans le métro située à deux cents mètres de son domicile. L'équipe installa les dispositifs en moins de cinq minutes et s'apprêtait à ressortir quand l'agent en guet à l'extérieur annonça que Gendouzi, pour une raison inconnue, était ressorti du métro et reprenait le chemin de son domicile.

Gendouzi aperçut deux types, tout de noir vêtus et aux cheveux courts, qui sortaient de chez lui, une mallette à la main. Il fit immédiatement demi-tour pour s'enfuir vers le métro. Le chef d'équipe hésita un instant. Le laisser filer donnerait l'alerte au réseau dormant ; l'arrêter également ; mieux valait l'appréhender.

Gendouzi fut mis en garde à vue pour une durée maximale de six jours en application de l'article 706-88-1 du code de procédure pénale visant un risque actuel d'acte de terrorisme.

Quand Gendouzi ne se présenta pas au rendez-vous à l'heure dite, Le Drenec ne tenta pas de l'appeler. Il interrompit immédiatement la réunion et dispersa l'équipe ordonnant d'attendre ses nouvelles instructions. Le Drenec prit ensuite le bus jusqu'à Lille. Il choisit une rue qui était vierge de caméras de surveillance et appela Gendouzi avec une nouvelle carte prépayée. La messagerie orale de Gendouzi lui répondit. Drenec éteignit son portable, en sortit la carte Sim qu'il jeta dans une poubelle et prit le métro, attendit une heure et renouvela l'appel, avec une nouvelle carte Sim, à nouveau en vain. Quatre heures maintenant que le jeune homme était injoignable. Pour Drenec, cela ne pouvait signifier qu'une chose, c'était que

Gendouzi avait été arrêté par la police et mis au secret.

Le Drenec ne croyait pas aux coïncidences. Gendouzi n'avait pas de casier. Il aurait du rester en dessous du radar de la police. Il y avait un traitre dans le groupe. Il fallait identifier la taupe et l'éliminer sans tarder car toute l'opération était menacée par son infiltration.

Gendouzi tiendrait peut-être quelques jours face à un investigateur mais finirait par lâcher des informations critiques.

A quatre jours de l'attentat, il fallait repenser l'attaque pour prendre en compte la perte d'un membre du commando, supprimer l'indic et commettre l'attentat. Le Drenec savait que le compte à rebours était lancé et que toute erreur pouvait être fatale au succès de l'opération.

L'émir, consulté par message crypté, donna son accord pour l'élimination du ou des membres que Le Drenec jugerait suspects. Il fallait agir vite car, pensait Drenec, même si Gendouzi ne parlait pas, la DGSI pouvait remonter à eux par une enquête approfondie sur lui. Il fallait épurer le groupe et ensuite seulement informer ses membres du plan d'attaque terroriste.

Comment conduire le traître à se dévoiler ?

Le Drenec décida de recourir à un stratagème classique : fournir une même fausse information au groupe avec une variante pour chacun des membres permettant d'identifier le traitre.

Il les informa donc par message qu'ils allaient entrer en action en commettant un attentat suicide, le 12 juillet, dans un lieu qui ne serait, pour des raisons de sécurité, révélé par lui qu'au seul martyre, pour des raisons de sécurité. Chacun devait se rendre à un lieu précis à une heure précise pour, prétendit Le Drenec, procéder collectivement au tirage au sort du martyr. Le choix du martyre, les djihadistes ne disaient jamais kamikaze, serait en effet, expliqua-t-il, fait par tirage au sort lors de cette réunion. Chacun choisirait au hasard une enveloppe dans un sac. Une seule de ces enveloppes comporterait le mot martyr, les autres étaient vides. Chacun devrait prendre son enveloppe et l'ouvrir sur place. Le martyr et Drenec resteraient, les autres partiraient immédiatement et devraient rentrer chez eux pour suivre à la radio le succès de l'attentat. La réunion aurait lieu à Paris entre 8 :00 et 9 :00 ; le lieu et l'heure exactes leur serait indiqué par sms une heure avant. Ils devaient partir de Lille la veille séparément et réserver une chambre d'hôtel pour une nuit à Paris, payer en liquide avec l'argent qu'il leur avait donné quelques jours auparavant et y attendre le 12 au matin dès 7 :00 son sms. Ils devaient se tenir prêts au martyr et avoir rédigé leur testament dans l'attente du sms de convocation. Le martyr choisi par le hasard recevrait sa ceinture d'explosifs et partirait immédiatement avec lui sur le lieu de l'attentat.

Ce que les conspirateurs ne savaient pas, c'est que Le Drenec avait décidé de convoquer chacun des comploteurs avec des horaires décalés et en des lieux de rencontre différents. Il pourrait ainsi accueillir chacun des membres du groupe sans craindre qu'ils ne se croisent ni que la police ne les arrête tous par un coup de filet sur les indications du rat.

Aux sincères candidats au martyr, il expliquerait le piège tendu. Celui qui ne se présenterait pas serait un lâche et devrait également être éliminé avant l'attentat, pour éviter tout risque de dénonciation repentante à la police, car l'agent infiltré, lui, il viendrait, Le Drenec en était certain.

L'indic se trahirait car il viendrait, espérant être désigné par le sort, pour connaître le lieu projeté de l'attentat qui lui serait révélé par Drenec. La police pouvait également imaginer que Le Drenec serait déjà revêtu de sa ceinture explosive. Si la taupe n'était pas désignée par le sort, il ne resterait plus au Raid, posté à proximité du lieu du rendez-vous, qu'à procéder à l'assaut immédiat, prévenu par un sms de l'agent infiltré sur son téléphone dans sa poche tandis que l'agent tenterait d'empêcher l'activation de sa ceinture par Le Drenec pour le capturer vivant pour ensuite faire arrêter le reste du groupe en espérant lui faire révéler l'éventuelle existence d'autres équipes.

Ce que la police ignorait était que Le Drenec, mettrait chacun de ses complices, dès son arrivée, dans chacun des lieux de rendez-vous, en joue avec un pistolet, tandis que la localisation différente de chacun des rendez-vous écartait le risque d'un coup de filet sur l'équipe réunie et que la date de la réunion, le 12 juillet trومperait la police sur la date réelle de l'attentat.

L'hypothèse de l'existence de plusieurs équipes coordonnées par Le Drenec mais s'ignorant les unes les autres n'était pas d'école tant les terroristes de Daech étaient devenus prudents après l'arrestation rapide des membres du commando ayant perpétré les attentats du 14 novembre 2015.

Ce stratagème lui avait été inspiré par la scène cocasse du film Le dictateur de Charlie Chaplin où chacun des conspirateurs doit manger une part de gâteau, celui héritant du schilling, servant de fève, étant désigné comme volontaire pour aller assassiner Hynkel/Hitler.

Dans l'hypothèse où ce ne serait pas le mouton qui serait désigné par le sort, la DGSI n'avait en effet pas d'autres options que de donner l'assaut mais la probabilité que leur homme soit tiré au sort et puisse arrêter 'en douceur' Drenec était d'un sur quatre ce qui justifiait d'attendre le dernier moment pour procéder à la mise hors d'état de nuire du chef du commando afin d'espérer connaître le lieu projeté de l'attentat dans l'hypothèse où il y ait plusieurs équipes de kamikazes.

Bien évidemment, la DGSI pouvait, pour ne pas exposer leur homme, décider de l'arrêter lui, Le Drenec, le soir du rendez-vous pour se saisir des éventuels explosifs mais s'exposait à son suicide, perdant tout espoir de l'arrêter en douceur et de démanteler le commando voire de remonter au commanditaire à quelques jours d'un très probable attentat.

Par contre, la police ne pouvait pas savoir que les lieux avaient été dispersés et que l'équipe, sauf Le Drenec, aurait été mise à l'abri, en plongée profonde par lui après s'être assuré de la loyauté de chacun.

Le Drenec savait qu'il se sacrifiait car, que le mouton soit désigné martyr ou ne le soit pas, qu'il vienne ou non, la police pouvait tenterait de procéder à sa propre arrestation en douceur, pensant appréhender le groupe tout entier.

La police, prit connaissance du lieu de rencontre indiqué à l'indic ; Le Drenec avait, vicieusement, choisi une brasserie, bondée à l'heure fixée, où les cinq conspirateurs attablés pourraient faire mine de 'taper le carton' alors qu'ils recevraient chacun une enveloppe de la part de Le Drenec. Tout assaut ferait de nombreuses victimes collatérales.

Ce que la police ignorait c'était que Le Drenec s'était équipé d'une ceinture d'explosifs pour faire le maximum de victimes lors d'un assaut de la police.

Le hasard devait jouer un rôle clé dans le dénouement de cette embuscade. Le Drenec avait choisi quatre cafés-restaurants autour de quatre gares parisiennes : celles de Lyon, du Nord, de l'Ouest et de Montparnasse, comme lieu de rendez-vous, avec une heure d'espacement entre chacun. Il comptait, après s'être assuré de la loyauté du comparse, prendre le métro pour se perdre dans la foule et rejoindre le prochain lieu de rendez-vous. Il avait communiqué l'ordre et la liste des membres dont la probité serait testée et enverrait un sms à l'émir avec un numéro, après chaque rendez-vous. L'émir savait que quand il ne recevrait plus de sms, cela signifierait que Drenec aurait dévoilé le traître et serait peut-être mort. Il pourrait alors reconstituer le commando sans craindre une infiltration.

23 - Le traître démasqué

J-2

Le destin avait donné à Samir Heladj, l'agent infiltré, le dernier rang dans l'ordre des convocations.

Drenec rencontra Odile Bondues à la terrasse du café Les voyageurs, à 8:00, juste devant la sortie de l'escalator conduisant au métro et au RER, dans la galerie commerciale de la gare Saint-Lazare. Une foule de parisiens partant travailler et de voyageurs se pressait. Odile Martin fut surprise de se retrouver seul avec Drenec.

Drenec lui mentit :

- Par sécurité, j'ai décidé de ne pas vous rassembler. Chacun choisira son enveloppe séparément. Voici quatre enveloppes. Prends en une et ouvre la.

Odile prit l'une des enveloppes, qui toutes contenaient le mot martyr, et regarda sans frémir Drenec :

- Je suis prête, ça se passera où ?

- Je vais payer et partir le premier. Tu vas prendre le sac de sport qui est à mes pieds, tu le mets sur l'épaule et tu me suis. Il contient une bombe que je déclencherai à distance quand nous serons sur place. On va prendre le métro. Tu restes à vue de moi dans le même wagon. Tu découvriras au dernier moment la cible. On y va.

Odile Bondues suivit les instructions sans hésiter. Drenec passa le portillon du métro, Odile Bondues sur ses pas. Au premier niveau qui servait de plate-forme de triage aux dizaines des milliers de passagers empruntant quotidiennement les cinq lignes de métro et la ligne express 14, il s'arrêta et fit signe à Odile Bondues de le rejoindre dans un angle mort qui lui semblait hors champ des caméras de surveillance ; il lui dit à voix basse : « Je viens de recevoir un sms. L'attaque est reportée. Rends-moi le sac et repars discrètement en métro. Prends la ligne 9 en direction de Montreuil, et retourne à ton hôtel. Je t'enverrai un mail pour te communiquer le lieu de notre prochain rendez-vous. Qu'Allah soit avec toi ! »

Le Drenec attendit qu'Odile Bondues se soit fondue dans la foule avant de marcher d'un pas calme vers une cabine de Photomaton. Il s'arrêta devant la glace pour étudier les voyageurs qui se pressaient dans une direction ou l'autre, cherchant à repérer si quelqu'un se serait arrêté brusquement pour ne pas perdre sa filature. Par précaution, il entra dans la cabine et observa, par l'espace laissé par le rideau, un éventuel individu suspect. A part un touriste asiatique à l'arrêt, déchiffrant son plan de métro, la plate-forme brassait des vagues successives de piétons pressés, anonymes.

Satisfait, Le Drenec quitta la cabine du Photomaton pour emprunter la triple série d'escalators conduisant à la ligne 14 Olympiades - Saint-Lazare.

Il arriva à la station Gare de Lyon avec quinze minutes d'avance et s'installa à la terrasse du café Train bleu qui ouvrait sur les lignes A à J des trains. Des milliers de voyageurs en transit se précipitaient dans tous les sens comme une fourmilière bousculée par un coup de pied. Des soldats patrouillaient, le Famas en bandoulière. Le sac de sport Fred Perry porté à l'épaule par Le Drenec confortait son apparence de voyageur en partance. L'ex gendarme observa les rondes multipliées dans le cadre de l'état d'urgence. Si Omar Abdelkader était la balance, un assaut puis un suicide kamikaze ferait un carnage, se réjouit Le Drenec qui tenait sa main gauche dans sa poche, serrant le déclencheur de la bombe.

Omar Abdelkader n'était pas non plus le félon. Comme Odile Bondues, il goba l'histoire de Drenec. Le Drenec s'en débarrassa rapidement, lui ordonnant de prendre la ligne 1 en direction de la

Défense. Il le suivit à trente mètres jusqu'au quai pour s'assurer que l'autre était bien parti sans sembler être suivi puis remonta et emprunta la galerie décorée de gares du PLM peintes sur les voutes.

Le Drenec entra dans le magasin de journaux qu'il savait avoir deux accès, l'une sur la galerie intérieure de la gare, l'autre donnant sur les quais de départ. Une fois entré dans le magasin, il marcha rapidement vers la sortie et se précipita vers l'escalator conduisant au niveau -1. Arrivé en bas, il se rencoigna derrière un pilier pour démasquer un éventuel poursuivant. Rien.

Il attendit encore cinq minutes, adossé au pilier, faisant mine de consulter son téléphone. Il prit le bus 91 pour rejoindre la gare Montparnasse où il avait convoqué Heladj. Pendant le trajet, Le Drenec réfléchit. Louis Michel ne pouvait être le traître, estima Le Drenec. S'il l'était, la police connaissait le mode opératoire de l'attentat et pourrait prendre les mesures de protection adéquates en l'arrêtant, lui Le Drenec, dans sa planque.

Drenec sût alors que Samir Heladj était le traître. Inutile de lui faire subir pour rien l'ordalie et de risquer de se sacrifier pour rien. Il y avait mieux à faire : se venger de lui en l'éliminant. A la station Maréchal Juin, il descendit du bus et envoya donc un sms à Heladj : « RV reporté » puis rejoignit le métro à la station Montparnasse, où il emprunta l'immense tapis roulant de près de trois cent mètres qui reliait la gare à la ligne 13. A mi chemin, il sauta par dessus la séparation entre le tapis descendant et celui montant comme s'il s'était trompé de sens, et accoudé, il regarda si un éventuel poursuivant faisait la même manœuvre ou rebroussait chemin par le passage piéton. R.A.S. Drenec repartit, marchant benoîtement, satisfait de l'issue de ce jeu de pistes, réfléchissant déjà aux conditions de l'exécution de Heladj.

Certes la prudence aurait été de ne pas chercher à se venger, pour commettre l'attentat le plus rapidement possible, de crainte que la police par l'enquête sur Gendouzi ne remonte au groupe mais Le Drenec décida de conduire à la fois l'attentat et l'exécution de la balance.

Le commando, la veille encore, fort de six membres ne comptait plus, Gendouzi arrêté et Heladj mis hors d'état de nuire, que quatre membres fiables : Bondues, Abdelkader, Michel et lui-même. Michel étant affecté au pilotage du drone, il lui faudrait choisir entre Bondues et Abdelkader celui qui l'accompagnerait pour se faire sauter près du théâtre Marigny, la cible choisie par Drenec, car située à une jetée de pierre du Palais de l'Elysée. Super symbole qui vaudrait cher pour la propagande du califat.

24 - La filoche ratée

Jour J

Le Drenec décida de faire de l'exécution de Samir Heladj un outil de propagande posthume.

Le traître serait jugé par un tribunal constitué des membres du groupe et ensuite égorgé par lui. La vidéo du châtiment serait postée sur le site d'Al Furqan avec la revendication de l'attentat et les photos des martyrs. Al Furqan, le discernement en arabe, par référence à la sourate 25 du Coran.

L'ex gendarme avait loué sur internet la veille, après repérage des lieux, pour une nuit trois chambres contiguës, au premier étage d'un petit Bed&Breakfast de trente cinq chambres, sur cinq étages, situé à la porte d'Italie. L'hôtel était accessible par une borne électronique, borne activée par la carte de crédit de réservation internet et qui faisait fonction de conciergerie. L'hôtel était fréquenté, le matin et le soir, par des VRP en tournée et, dans la journée, par des couples adultères ainsi que par quelques prostitués qui y emmenaient leurs michés. L'usage de la chambre centrale assurerait une certaine sécurité sonore, apprécia Le Drenec qui jugea imprudent de louer tout l'étage car cela aurait pu intriguer la centrale de réservation tandis que la location de trois chambres pouvaient passer pour celle d'une équipe commerciale en transit. Il avait utilisé la carte bleue de Michel, estimant que le délai de compensation bancaire d'un jour entre la banque et celle du B&B empêcherait que la transaction ne soit repérée par la police avant le lendemain, alors que l'équipe serait déjà dispersée et les deux attentats commis. Comme au jeu d'échecs, ce qui importait à Le Drenec c'était d'avoir un coup d'avance dans la conquête du centre du damier, la place de la Concorde.

Place de la Concorde, l'endroit où les sans-culottes avaient guillotinée le roi Louis XVI, l'endroit où il allait gazer le roi apostat d'Arabie saoudite, place qu'il faudrait renommer place de la Vengeance divine ! pensa Le Drenec.

Les chambres devaient être libérées dès 8 :00, le ménage étant fait entre 8 :00 et 9 :00. Le matin, l'hôtel était désert, avant les 'cinq à sept' puis les arrivées tardives des VRP. Il convoqua par sms Odile à 9 :45 à l'angle de la place d'Italie et Omar à 10 :00 directement à l'hôtel.

Une caméra de surveillance filmait le sas d'entrée; il s'en moquait car il n'espérait pas sortir vivant de l'attentat mais il avait choisi des chambres situé au premier étage car relié par un escalier de sécurité incendie, escalier non surveillé par une caméra, afin de pouvoir accéder aux chambres sans être filmés. Lors de sa reconnaissance, la veille, il avait bloqué le pêne de la porte incendie avec du chatterton pour que les autres membres du commando puissent l'ouvrir de l'extérieur. Il importait en effet de permettre à celui qui ne participerait pas à l'attaque du lendemain de pouvoir rentrer dans la clandestinité et rester disponible pour une nouvelle action. Daech était économe de ses soldats sur le sol français car, malgré ses rodomontades, les rangs des volontaires pour le sacrifice ultime avaient été sensiblement diminués par les arrestations effectuées dans la cadre de l'état d'urgence.

La difficulté était de réussir à y conduire Heladj sans l'informer à l'avance du lieu du rendez-vous car il était exclu de lui indiquer le lieu au risque d'un coup de filet par la police.

Heladj serait certainement 'sonorisé' et équipé d'une balise permettant à la police de le suivre à distance. Le Drenec allait donc devoir le mettre hors d'état de nuire tout en semant une éventuelle filature et en rendant inopérante la balise.

Il fit un repérage du parking visiteur des Galeries La Fayette, au 48 Boulevard Haussmann. Le parking s'enfonçait à cinq niveaux au dessous du sol et présentait l'atout majeur d'être desservi par deux rampes séparées par toute la longueur du parking, l'une pour la descente et l'autre pour la montée. A cette profondeur, la balise serait inopérante sauf à être à vue d'une éventuelle voiture suiveuse.

La veille, Le Drenec loua deux voitures, volontairement différentes, chacune dans une agence différente proche de la gare Saint-Lazare, payant à chaque fois en cash et fournissant un faux permis de conduire syrien. Il loua d'abord une BMW 301 noir chez Hertz qu'il gara au niveau -1 du parking des Galeries La Fayette puis, à pied, il alla retirer la Fiat 500 rouge tomate réservée à l'agence

Avis Saint-Lazare et prit le chemin de son hôtel vers la porte d'Asnières avec la Fiat 500. En chemin, il s'arrêta pour abandonner dans une rame de métro son téléphone avec lequel il avait appelé Heladj afin d'égarer un éventuel repérage de son téléphone réalisé lors de son sms qui ordonnait à Heladj d'emprunter le lendemain à 8 :55 la ligne 9, à la station Bastille, en direction de Pont de Sèvres

Le calculateur du site ratp.fr avait informé Le Drenec que la durée du trajet entre les stations de métro Bastille et Chaussée d'Antin-La Fayette était de vingt minutes. Les vingt minutes de trajet rapide du métro, estimait Le Drenec, devraient semer une voiture suiveuse éventuelle dans les embouteillages car, en filature, les policiers n'oseraient probablement pas faire usage de leur klaxon à deux tons.

9 :53 Heladj prit la rame du métro avec deux minutes d'avance sur l'heure imposée.

9:08 Le Drenec envoya à Heladj un second sms lui ordonnant de descendre à cette station Chaussée d'Antin et de l'attendre sur le trottoir, à l'angle formé par le boulevard Haussmann et la rue de la Chaussée d'Antin, à 9:15 précises, sauf nouvelles instructions de sa part par sms.

9:13 Heladj sortit du métro et, suivant les instructions, se posta sur le trottoir. Un 14 juillet, jour férié, les rames étaient presque vides ce qui avait réduit le temps d'arrêt aux stations intermédiaires ; le trajet avait duré dix huit minutes seulement.

9 :13 :30 Un agent en civil, jouant au touriste, sortit de la bouche de métro quelques instants après Heladj et s'éloigna de quelques pas pour faire semblant de regarder la vitrine du grand magasin, son oreillette à l'écoute. Impossible avec ce préavis de prévenir les patrouilles de soldats ni de poser des dérivations pour suivre la scène à partir des caméras de surveillance. Il fallait improviser.

9 :13 :45 Le Drenec gara sa Fiat 500 sur une place de bus rue Halévy à vue du lieu du rendez-vous. Il aperçût Heladj qui poireautait déjà à l'angle. Il était en avance !

9 :13 :55 Le Drenec déboita mais fut bloqué par le feu rouge.

9 :14 La voiture de police banalisé suiveuse qui avait reçu copie du dernier sms d'instructions avait dans la circulation fluide d'un jour férié perdu peu

de temps sur le métro, empruntant les voies de bus grâce à son gyrophare et sa sirène que les policiers mirent en silence à la sortie du boulevard Poissonnière. La voiture banalisée se posta à l'angle de la rue Taitbout, à cent mètres seulement du rendez-vous, volontairement hors de surveillance d'un éventuel guetteur, suivant distinctement sur la carte interactive le bip de la puce GPS portée par l'indic et écoutant les bruits de la rue retransmis par le micro espion porté par la taupe. Les policiers n'avaient pas osé se mettre en stationnement interdit plus près car le quartier était quadrillé par des soldats qui patrouillaient devant l'Opéra et les grands magasins. Les policiers en planque, se voyant intimer l'ordre de circuler, devraient exhiber leur carte de service, manège qui pouvait être repérée par un guetteur du commando terroriste posté à une terrasse de café.

9:14 :30 La Fiat 500, rouge tomate, de Le Drenec jaillit de la circulation, se gara en double file le long du trottoir. Le terroriste se pencha par la fenêtre ouverte et intima l'ordre à Heladj de monter et repartit en un instant, criant : « Monte ! Attache-toi ! ».

9 :14 :32 Les policiers entendirent l'échange entre Le Drenec et Heladj. Le bip de la balise se mit à

filer sur la carte. La taupe était montée dans une voiture. Le policier en filature à pied confirma : « Fiat 500 rouge immatriculée AB344CA ». Les policiers engagèrent leur véhicule dans la circulation mais en douceur pour pouvoir ne pas faire repérer la filature.

9 :14 :35 La Fiat 500 s'engouffra dans le parking distant de cent mètres tandis que la voiture suiveuse, bloquée par la circulation et ne pouvant utiliser son avertisseur sonore à deux tons, perdait trois minutes précieuses. Drenec engagea la rampe de descente à toute vitesse en criant à Heladj : « On est suivis. Accroche-toi ! ».

9 :14 :35 Le policier qui marchait rapidement pour rattraper la voiture disparue dans le parking dit dans son micro cravate : « Parking Galeries La Fayette, je répète, Parking Galeries La Fayette. Je me poste à la sortie ».

9 :15 :05 Bloquée par la circulation retardée par les feux de circulation, la voiture suiveuse de la police, constatant la perte de signal, décida d'entrer dans le parking.

9 :15 :10 Arrivé au niveau moins 4, Le Drenec stoppa brusquement dans l'allée, ordonnant   à

Heladj: « Prends le pistolet qui est dans le vide-poche ! » Pendant que Heladj se penchait, Le Drenec saisit un pistolet Taser dissimulé sous sa veste et électrocuta le traitre sur la nuque. Heladj s'évanouit sous la décharge de deux milliampères de 50000 volts. Le Drenec ouvrit sa portière et laissa tomber une boite sur la chaussée avant de redémarrer brusquement. Le crissement des pneus de la voiture de la police lancée à ses trousses se rapprochait déjà.

9 :15 :12 La Renault scenic banalisée de la police jaillit à l'entrée du quatrième sous-sol au moment où les feux de la Fiat 500 disparaissaient dans la rampe de remontée. Le conducteur de la voiture suiveuse qui allait descendre au niveau -5, pila, recula, fit demi tour dans un crissement de pneus et vira violemment pour s'engager à sa poursuite. L'explosion de la bombe lâchée par Le Drenec souffla l'avant de la voiture des policiers, l'incendiant ainsi que cinq autres véhicules garés. L'airbag explosa à la figure du conducteur. L'autre policier réussit à sortir de la voiture mais fut arrêté par les flammes et le risque d'explosion des automobiles en feu. Il recula en sortant son téléphone pour alerter son collègue qui courait au même moment entre la place de l'Opéra et le parking du Printemps mais le réseau ne passait

pas. Les alarmes de cinquantaine de voitures garées sur le niveau -4, bousculées par le souffle de l'explosion, hurlaient. Les sprinklers incendie inondaient les véhicules en feu.

Malgré la chaleur dégagée par l'incendie, il revint jusqu'à la voiture pour extraire son collègue évanoui, le tira sur plusieurs dizaines de mètres jusqu'à la protection du renfoncement d'un pilier puis se précipita vers l'ascenseur dans le hurlement des dizaines d'alarme déclenchées par l'explosion et les jets d'eau des sprinklers d'extinction incendie. Une famille qui venait de garer leur voiture à quelques dizaines de mètres, titubait, paniquée à la recherche d'une issue mais le système de détection incendie activé par l'incendie de voiture avait bloqué les ascenseurs !

9 :17 Le policier courut, à la poursuite de la BMW ; s'engageant dans la rampe d'accès de sortie, il faillit se faire écraser par un 4x4 qui remontait du niveau – 5 qui lui bloqua le passage.

9 :15 :20 Le Drenec, profitant de l'avance qu'il avait gagné sur ses poursuivants, remonta jusqu'au niveau - 1 à toute vitesse. Il gara la Fiat en travers, en plein milieu de la travée, juste derrière la BMW. Il mit des lunettes teintées et une fausse barbe puis

sortit de la voiture dont il ouvrit le coffre pour y jeter Heladj encore inconscient à qui il administra un sédatif puissant en intramusculaire. Il lui menotta les mains et les pieds puis et démarra la BMW emportant les clés de la Fiat.

9:18 La BMW sortit du parking sur le boulevard Haussmann et se faufila dans la circulation. Il vit le policier lancé à sa poursuite qui avait mis pendant sa course un brassard Police hurler dans un téléphone. A distance la sirène d'une voiture de pompiers alerté par, l'alarme incendie hurlait, de plus en plus aiguë, au fur et à mesure qu'elle se rapprochait. Le policier arriva devant l'entrée du parking, dernière localisation fournie par la balise dont le signal était perdu depuis cinq minutes.

Le Drenec, qui savait ne pas avoir le temps de fouiller Heladj à la recherche d'une probable balise, avait activé un brouilleur d'ondes électromagnétiques à l'avance dans la voiture empêchant la balise de communiquer avec sa base.

9 :18 :10 Le policier essoufflé jaillit de la rampe de sortie du parking et aperçût son collègue posté en surveillance. L'autre lui dit ne pas avoir vu sortir de Fiat 500, juste trois voitures, une AUDI, un 4*4 et

une BMW mais pas de Fiat 500 et, faute d'instructions et seul, il n'avait pas pris l'initiative de bloquer les voitures pensant que ses collègues étaient toujours en filature mais il avait relevé les immatriculations.

9 :22 La Fiat 500 fut découverte abandonnée au niveau -1. La balise n'émettait plus.

9 :45 Le Drenec gara la BMW dans le parking du Bed&Breakfast de la porte d'Italie.

9 :50 La police perdit trente minutes pour accéder aux enregistrements de la caméra de surveillance du parking car le gardien s'était enfui pour se protéger au rez-de-chaussée en verrouillant, selon les consignes du manuel, son local. Trois véhicules étaient filmés sortant du parking entre 9 :15 et 9:20. La vidéo du niveau -5 montrait un homme lâchant un objet de la portière de la Fiat 500 mais pas son visage. Celle du niveau -1 montrait un type portant manifestement une perruque et des lunettes noires, abandonner la Fiat 500 et transporter Heladj dans le coffre de la BMW. Un avis de recherche des cinq automobiles fut lancé à 9:55.

Tracer le trajet de la BMW à partir des caméras de surveillance de Paris mettrait des jours. Le terroriste et l'indic étaient perdus.

25 - Le pacte de sang

Drenec avait demandé à Odile Bondues de l'attendre à 9 :30 au coin de la place d'Italie, sur le chemin entre l'Opéra et le B&B. Il la fit monter et lui expliqua que Samir, blessé, était dans le coffre, sans explique comment il avait été touché : « On doit le porter dans une planque. Tu vas m'aider à le porter. Je lui ai administré un sédatif pour qu'il ne souffre pas. On le prendra chacun par un bras et on passera par l'escalier de secours. Si on croise quelqu'un, je prétendrai qu'il a pris une sérieuse cuite. Deux homme avec une femme, cela paraîtra moins bizarre ».

A 9 :50, Drenec gara la BMW dans le parking souterrain du B&B et ouvrit le coffre où Heladj gisait, toujours inconscient.

Les membres du commando savaient qu'ils devaient obéir aveuglement au djihadiste; Odile Bondues ne posa aucune question.

Le Drenec gara la voiture dans un angle mort du parking, hors champ de la caméra qui ne filmait que le sas d'entrée à l'ascenseur de la résidence hôtelière. Ils sortirent inconscient le jeune homme et le traînèrent, soutenus sous les épaules, par l'escalier de service. Sans surprise, ils n'y croisèrent personne. La coursive du premier étage était également déserte; ils portèrent le jeune homme dans l'appartement sans être vus.

Arrivés dans l'appartement, Le Drenec attacha Heladj sur une chaise avec une corde qu'il avait préparée. Odile, stupéfaite, regardait le chef du commando couvrir la bouche du soi disant blessé avec du chatterton.

Omar Abdelkader les rejoignit à 10 :00 empruntant, sur les instructions de Le Drenec, l'accès non sécurisé du parking et l'escalier de secours. Le Drenec leur expliqua que Louis était déjà sur place, prêt pour l'attentat.

Abdelkader apporta une information inquiétante : « J'ai été vu par un couple qui sortait de l'ascenseur. Le gars avait déjà la main sous la robe de la fille. Ils se sont arrêtés un instant, surpris de me voir arriver par l'escalier. Ils ont eu l'air d'avoir peur. J'ai fait semblant de chercher mes clés, le temps qu'ils entrent dans la chambre numéro 14 ».

Le Drenec décida que le risque était trop grand. Avec la panique causée par les attentats du 13 novembre, certains français, un peu parano appelaient la police pour un oui ou un non. Le couple pouvait, par prudence, décider de ne pas s'envoyer en l'air et repartir, ayant gardé la mémoire du visage d'Omar, ou pire, être déjà en train d'alerter la sécurité de la chaîne hôtelière voire la police. Le Drenec prit sa résolution en un instant : « On ne peut pas prendre de risque. Il faut les éliminer. Odile tu restes là à surveiller Samir. Omar, tu viens avec moi ».

Le Drenec mit un brassard de police à son bras gauche et sortit un pistolet Sig-Sauer P220 Classic 22 sur lequel il vissa un silencieux, avant de le glisser dans son dos sous sa ceinture, ordonnant à Omar : « Tu ne te montres pas, tu restes derrière moi. Je leur fais ouvrir et tu me suis ».

Il alla frapper doucement à plusieurs reprises à la porte de la chambre 10. Pas de réponse. Il mit son oreille contre la porte. Elle semblait inoccupée. Les chambres 11, 12 et 13 avaient été réservées par lui. Restaient les chambres 14, où se tenait le couple, et la chambre 15, la dernière de la coursive. N'osant pas frapper, il écouta longuement les bruits, l'oreille collée à la porte de la chambre 15. Aucun son. Un occupant en train de faire la sieste ne pouvait être exclu mais peu probable à cette heure matinale, c'était un risque à courir. Des paroles échangées, des gémissements lui parvenaient de la chambre 14. Le couple n'avait pas renoncé à sa partie de jambes en l'air.

Drenec frappa fermement à la porte, criant : « Police ! Ouvrez ! »

Le silence se fit. Drenec imaginait le couple arrêté dans son accouplement, figé de peur. La police venue surprendre l'adultère, tel devait être leur crainte.

La femme en porte-jarretelles noirs, se précipita, comme dans une pièce de boulevard, dans l'étroit cabinet de bains, tandis que l'homme remettant son slip sur son vit en berne, marcha, sur la pointe des pieds vers la porte menaçante.

- Qui est là ? demanda, sottement, le libidineux.

- Police ! Réitéra Le Drenec à voix haute en surveillant de l'œil la porte de la chambre 15.

L'homme mit la chaîne de sécurité et entrebâilla la porte. Il aperçu un homme costaud, habillé sport, jean et blouson de cuir, les cheveux taillés courts comme un militaire, qui arborait au bras un brassard de police. Le type même du flic en civil qu'il voyait dans les séries télé.

- Que se passe-t-il ?

- On nous a signalé un type douteux dans l'hôtel. L'avez-vous vu ?

- Non. Enfin, si ; on, j'ai vu un type bizarre, au faciès d'arabe, tout à l'heure en arrivant.

- Bon. Il faut que je note votre nom. Vous passerez faire une déclaration au commissariat. Ouvrez et allez me chercher votre carte d'identité.

Impressionné par le ton de commandement du policier, le libidineux ne songea pas à lui réclamer sa carte de service, content de savoir qu'il ne s'agissait pas de la police des mœurs, même s'il y a des lustres que l'on ne pourchasse plus les couples illégitimes.

Le type grassouillet cherchait son portefeuille dans son veston quand la dame demanda d'une voix craintive de l'intérieur de la salle de bains :

- René, qu'est-ce qui se passe ? Tout va bien ?

- Oui, oui, répondit d'une voie enjouée René, c'est juste la police qui recherche l'arabe qu'on a vu tout à l'heure. Reste, j'en ai pour un instant. Ah, voilà, je l'ai !

Se retournant sa carte d'identité à la main à la main, René découvrit avec horreur un second homme, l'arabe, et l'arme braquée par le policier français sur lui. La balle de 22 LR à tête creuse de Le Drenec, tirée à deux mètres, le toucha au cœur. René tomba sans un bruit, mort sur le coup, comme une chiffe sur la moquette râpée. Le Drenec alla se poster le dos à la cloison, près de la porte de la salle de bains. Il fit signe à Omar de claquer la porte comme si les visiteurs étaient ressortis.

La femme, à moitié dénudée, entrouvrit la porte et reçut la balle en plein front.

Drenec prit une serviette de bains et essuya soigneusement la poignée de la porte puis ferma la chambre avec la serviette couvrant sa main.

De retour dans la chambre, il annonça à Odile : « Les gêneurs sont éliminés. On ne les trouvera pas avant demain 9 :00, heure du ménage. On a maintenant tout notre temps pour nous occuper du traître. C'est Samir qui a livré Mustapha à la police. Il sera châtié dès maintenant afin qu'il ne puisse compromettre l'attaque de demain ».

Drenec expliqua aux autres comment il l'avait démasqué tout en s'assurant de leur loyauté : « Il est sous sédatif. Je vais le réveiller pour qu'il reçoive, conscient, l'annonce de son exécution, puis, chacun d'entre vous, tirera une balle sur lui. Je l'achèverai en l'égorgeant. On va faire une vidéo qui sera postée par Al-Furqan dès l'annonce de l'attentat. Cela ridiculisera la police de ne le récupérer que demain avec le couple d'à côté ».

Il sortit d'un sac à dos un drapeau marqué du sceau de Mahomet et de la chahada, l'étendard de Daech, qu'il accrocha au-dessus du fauteuil de Heladj qu'il réveilla de plusieurs fortes claques.

Samir Heladj, émergeant de son sommeil comateux, découvrit le visage calme de Le Drenec et l'air hagard des autres membres du groupe terroriste. Il comprit qu'il avait été démasqué et qu'il allait être éliminé. Il sût que la seule chose à faire était de tenter de gagner du temps en espérant une intervention des policiers et il laissa retomber sa tête sur son épaule, simulant un évanouissement. Le Drenec ne s'y laissa pas tromper et le gifla à toute volée en criant : « Inutile de faire semblant d'être inconscient, tu vas payer, Samir, d'ailleurs quel est ton vrai nom ? »

Se tournant vers les autres, il expliqua : « Je ne sais pas si c'est un flic infiltré ou un des nôtres retourné par les flics mais le risque est trop grand de le laisser en vie maintenant. Impossible de le soumettre à un interrogatoire ici, il pourrait crier et alerter le voisinage. On va le tuer et ensuite, je désignerai celui d'entre vous qui m'accompagnera pour le martyr. Celui ou celle qui restera derrière sera l'arme d'une future attaque. Si l'un d'entre vous hésite, qu'il le dise maintenant ! »

Les deux jeunes baissèrent les yeux sous l'apostrophe. Le fait qu'ils aient été infiltrés renforçait la résolution d'Odile tandis que Omar essayait de cacher sa peur sachant que s'il se 'dégonflait' maintenant, il serait exécuté avec le mouton. Le Drenec observait les physionomies; il décida alors de sacrifier Omar et d'épargner Odile qui lui paraissait plus solide.

Sortant son appareil de téléphone, il expliqua : « Il me reste quatre balles dans le chargeur. Chacun d'entre vous va tirer une balle sur ce salaup pendant que je le filme en expliquant qu'il est un sale traître, puis Odile tu prendras le téléphone et tu feras un gros plan sur sa tête pendant que je l'égorgerai. J'enverrai la vidéo du châtiment de ce relaps aux gars d'Al-Furqan. C'est clair pour tout le monde ? »

Les conspirateurs opinèrent. Samir suivait, les yeux exorbités d'effroi, les préparatifs calmes de son exécution, tentant d'accrocher le regard de l'un puis de l'autre, mais les jeunes regardaient leurs pieds.

Le Drenec vérifia que la caméra de son smart phone fonctionnait bien, alluma toutes les lumières de la chambre, sortit un couteau de commando à cran bilame qu'il posa sur la table sous le regard effaré de sa victime puis confia son pistolet toujours armé de son silencieux à Omar : « Tu tires quand je te le dirai, OK ? »

Le condamné tentait de desserrer ses liens mais en vain.

Le Drenec se posta légèrement en retrait d'Omar et annonça à voix haute et claire : « Ca tourne ! Samir Heladj, puisque c'est ainsi que tu te fais appeler, tu n'es qu'un sale traître aux ordres du fantoche Hollande ! Tu vas payer pour tes crimes et ceux de la France en Syrie et en Irak. Tire, maintenant ! »

Omar hésita une fraction de seconde puis tira la première balle au hasard qui atteignit Samir à l'épaule, sans le tuer mais le faisant sursauter sur son siège sous l'impact. Son visage se tordit sous la douleur. Omar tendit en tremblant l'arme à Odile qui, en toute hâte, comme pour se débarrasser d'une corvée, logea la seconde balle dans le ventre de sa victime qui hurla silencieusement et se convulsa. Samir était toujours vivant malgré le sang qui, sourdant des blessures, rougissait maintenant son sweat à capuche. Samir vivait encore.

Le Drenec reprit des mains d'Odile son pistolet qu'il mit sous sa ceinture, lui confia le téléphone toujours en prise de vue et, après qu'elle ait cadré en plan rapproché la tête de sa victime, passa derrière le fauteuil du traître, le saisit par les cheveux pour redresser sa tête et passa, du geste lent et précis d'un boucher à l'abattoir, la lame effilée du poignard sur toute la largeur de son cou, tranchant la carotide et ouvrant la trachée artère.

Ce n'était pas le premier homme qu'il tuait comme on tue un mouton de l'Aïd-el-Kebir. Le sang jaillissait par à-coups de l'artère, le condamné s'étranglait dans son sang, ses yeux se révulsaient tandis qu'il tombait en anorexie puis en syncope; ses membres s'agitaient de mouvements réflexes. Le sang coula comme une pluie des blessures sur son poitrail, détrempant la moquette.

Le Drenec essuya tranquillement son poignard à la courtepointe du lit, le rangea, récupéra la téléphone, visionna la vidéo pour s'assurer qu'elle était bonne, prit quelques photos du corps violenté de Samir, envoya photo et vidéo à un mystérieux destinataire tandis que les trois autres attendaient, tétanisés, ses instructions. « Odile, tu pars tout de suite, inutile que tu connaisses les détails de l'attentat. C'est plus prudent si jamais tu te faisais arrêter. Tu rentres chez toi et tu écoutes la radio. Tu seras fière de nous ! Tu recevras dans les prochains jours des instructions de l'émir pour les prochaines actions. Qu'Allah soit avec toi ! »

Les hommes et la femme ne s'embrassèrent pas ni même ne se serrèrent la main. Le Drenec fit le V de la victoire à Odile ; en souriant, elle lui rendit son sourire. Le Drenec savait qu'elle était un peu amoureuse de lui mais que la pudeur obligée des femmes de moudjahidin lui interdisait toute manifestation sentimentale.

Odile partie, Drenec ouvrit un sac de sport posé sur le lit d'où il sortit deux ceintures d'explosifs et deux mitraillettes Uzi : « Bon. On laisse le corps ici. Maintenant, je t'explique la suite. Tu vas venir avec moi pour tuer le maximum de kâfir dans la foule venue assister au défilé du Quatorze Juillet. Tu agiras près du théâtre du Rond-point des Champs Elysées. C'est à côté du Palais de l'Elysée donc hyper protégé. Les keufs ne vont jamais imaginer qu'on ose frapper là. Tu vas mettre cette ceinture d'explosifs, sous ton sweat à capuche, cela ne se verra pas trop. Moi, je vais devoir la mettre dans mon sac à dos car mon blouson est trop cintré. Les ceintures de déclenchent avec un téléphone. Le numéro est préenregistré. Il suffit d'allumer le portable et d'appuyer sur envoi. C'est clair ? »
Omar opina. Le Drenec attendit qu'il se soit attaché la ceinture explosive pour poursuivre : « On aura chacun une Uzi. »

Faisant une démonstration du maniement du pistolet mitrailleur, Drenec expliqua : « C'est du matos israélien plus facile à dissimuler qu'une kalach. Ca tient dans un sac à dos ou sous un blouson. Le même fusil-mitrailleur que celui utilisé par notre martyr Mohammed Merah contre l'école juive. Tu l'ouvres comme un couteau suisse pour dégager la crosse, tu l'armes comme ça et tu tires. Chargeur de trente balles 9 mm Parabellum. Tu la dissimuleras dans ce sac à dos. Tu te glisseras dans la foule en train de regarder le défilé du 14 juillet. Moi je serai ailleurs, sur les Champs, je ne te dis pas où par principe de sécurité. Tu sortiras ton arme à 11:50 précises, tu entends pas avant, pas après et tu tires dans le tas. Quand tu as fini ton chargeur, tu n'auras pas le temps de recharger, tu jettes ton arme et tu tentes de t'enfuir dans la foule paniquée. Si les flics te repèrent, tu te fais sauter. Ne te fais pas prendre vivant. C'est clair ? ».

Omar Abdelkader opina en silence. Drenec regarda sa montre et poursuivit : « Il est 11 :00, on a tout le temps. Les femmes de ménage ne découvriront pas les corps avant demain. La police a fermé les stations métro Concorde, Champs-Elysées-Clémenceau, Franklin-Roosevelt, George V et Etoile. On va prendre un taxi jusqu'à l'avenue Matignon. On sera sur place sur le trajet du défilé avec une dizaine de minutes d'avance. On va leur gâcher leur fête nationale sous les caméras du monde entier ! lança Drenec avec excitation ».

Ce que Drenec ne dit pas à Omar c'est qu'il allait servir de leurre, pour focaliser la police près de l'avenue Marigny tandis qu'il frapperait quelques instants après place de la Concorde avec l'aide de Louis Michel déjà sur place mais ça Omar n'avait pas à le savoir.

26 - Diversion

Aller tous les deux dans le même taxi sur les lieux de l'attentat était imprudent, Le Drenec le savait, mais il craignait qu'Omar ne se dégonfle et jette sa ceinture dans une poubelle puis tente de disparaître. Il avait besoin de sa bombe humaine pour créer un mouvement de panique dans le quartier des Champs Elysées. En laissant Omar près du théâtre Marigny vers 11:30, il aurait le temps de remonter les Champs jusqu'à la Concorde, sans se faire remarquer, et y commettre le véritable attentat. Si Omar craquait, ne pouvant se déshabiller au milieu de la foule pour se débarrasser de sa ceinture, il devrait, si vraiment il décidait de se défiler, chercher un café pour s'en défaire dans les toilettes. Le temps qu'il se dérobe, il aurait été déjà été « dispersé façon puzzle » plaisanta in petto Le Drenec, grand amateur des Tonton flingueurs. Le Drenec avait en effet doublé le déclenchement du gilet par le téléphone remis à Omar d'un déclenchement à distance qu'il pourrait activer avec son propre téléphone portable.

11 :10 Le taxi qu'ils prirent à la station de la porte d'Italie les mit en garde contre les embouteillages du 8ème arrondissement, rechignant à s'engager dans le quartier verrouillé par d'importantes forces de police. L'axe Défense - Tuileries était fermé à la circulation. Il les lâcha donc à l'angle rue Roquépine-avenue Matignon en rouspétant comme tout chauffeur de taxi parisien qui se doit.

« J'ai un rencard avec un mannequin au Berkeley que je ne peux pas manquer, blagua Drenec, vous n'avez donc pas de cœur ? »

Le chauffeur jugea l'histoire un peu bizarre. Un rencard un 14 Juillet ? Que faisait le second homme aussi silencieux que l'autre était volubile. Il tenait la chandelle ou quoi ? Et le sweat à capuche, de l'autre gars, un rebeu, fermé jusqu'au cou, malgré la chaleur estivale, lui semblait bizarre. Ils n'avaient pas la touche des gommeux fréquentant le Berkeley. Rendu méfiant comme tous les parisiens par les attentats, il décida de les conduire à destination mais, selon les consignes reçues de la direction des G7, renforcées un 14 Juillet, de signaler ces clients suspects dès qu'il les aurait déposés. Le type paya avec un billet de 100 € qui finit d'agacer le tacos.

11 :35 Le signalement fait par le chauffeur parvint à la centrale G7 qui le transmit au responsable de la sécurité; ce dernier le jugea suffisamment sérieux pour le transmettre à la police.

11 :41 Omar dépassa l'entrée du parking Rond Point des Champs Elysées pour s'engager dans le petite jardin jouxtant le théâtre Marigny en direction s'avancer vers l'angle des avenues Champs-Elysées et Marigny.

11 :42 Le commandant de police en charge de la coordination de la surveillance du quartier lors du défilé militaire missionna sur la place une patrouille.

11 :45 La patrouille constata l'absence des deux hommes dans le bar cosy et fit rapport. Le

signalement des deux hommes fut immédiatement transmis à tous les policiers en uniforme et en civil qui quadrillaient la foule des badauds. Les dizaines de milliers de pékins se bousculant pour approcher des barrières de sécurité et « acclamer l'armée française », comme dans la chanson de Paulus, rendaient très aléatoire la traque.

11 :46 Le Drenec emprunta l'allée Marcel Proust, là même où l'auteur d'A la recherche du temps perdu, décrit ses jeux avec Albert/Albertine.

11:47 Un policier en civil repéra, à une cinquante de mètres, séparé de lui par un mur de spectateurs, un individu qui portait un sweat complètement zippé malgré la chaleur estivale répondant au signalement donné par le chauffeur de taxi. Le type était seul, marchant d'un pas prudent, méfiant même, en direction de la place Clémenceau, cherchant à se faufiler dans la presse des spectateurs. Le policier fit rapport dans son talkie walkie, décida de procéder à un contrôle d'identité et forcit le pas en mettant hâtivement un brassard de police au bras et en jouant des coudes dans la cohue.

11:48 Omar consulta sa montre, encore deux minutes.

11 :49 Omar enleva son sac à dos qu'il se prépara à ouvrir son blouson pour d'extirper le pistolet-mitrailleur Uzi. Voyant le mouvement du suspect, le policier se mit à courir, bousculant les passants, criant : « Police, haut les mains ! »

11 :49 :05 Omar, alerté, se retourna et découvrit le policier à quelques mètres de lui ; il tenta de libérer sa Uzi mais le policier, arrivé à sa hauteur, sortit de son baudrier son SIG-Sauer SP 2022 de service, le premier, le mit en joue à bout portant. Omar décida de se faire sauter ; il sortit son portable de sa poche et appuya sur la touche envoi ; rien ne se produisit. Il ne lui restait plus que l'option de sortir l'Uzi, obligeant le flic à le tuer. Il s'y préparait quand il fut ceinturé par un second policier. Omar tomba sur le sol. Le premier policier ordonna à la foule de reculer, gardant dans sa ligne de mire l'homme au sol. Deux autres policiers en tenue arrivèrent alors en renfort et menottèrent Omar Abdelkader.

11 :50 Le Drenec parvint à vue de l'estrade officielle. Une foule importante massée lui fermait l'accès à l'angle ouvrant sur la place d'ailleurs protégé par un cordon de militaires en armes. C'était le meilleur point de vue et les spectateurs,

arrivés certains dés l'aurore, ne lui céderaient pas la place. Les mesures de sécurité avaient été considérablement renforcées tant la menace de nouvel attentat était prégnante. Il réussit à se glisser un peu plus bas sur la place, le long de l'avenue Gabriel, ayant vue sur l'ambassade des Etats-Unis, la façade éphémère de l'hôtel Crillon et, d'angle, sur l'estrade officielle de la place de la Concorde. C'était un bon spot, apprécia-t-il, pour se faire exploser s'il était démasqué.

27 – Protocole

Les invités officiels à la tribune officielle avaient été convoqués à 9 :45 précises pour permettre d'ultimes contrôles de sécurité et leur installation, à la place leur revenant, par le service du protocole de la Présidence.

La tribune était structurée en trois parties ; au centre, la tribune présidentielle comptait cinq rangées de fauteuils étagés de vingt sièges ; deux ailes, légèrement en retrait accueillait, chacune, encore cent invités de marque ; soit, au total, trois cent personnalités.

Pour le défilé du 14 Juillet 2016, le cérémonial avait été aménagé pour des raisons de sécurité. Le souvenir de l'attentat du militant d'extrême droite néo-nazi Maxime Brunerie, le 14 juillet 2002, sur la personne du président Jacques Chirac, restait dans la mémoire du Groupe de Sécurité de la Présidence de la République (GSPR), l'unité au sein du Service De La Protection (SDLP) chargée de la protection personnelle du Chef de l'Etat. Les attentats d'octobre 2015 avaient conduit les autorités à renoncer à la descente traditionnelle des Champs-Elysées par le Président de la République, chef des armées, debout dans un half-track aux côtés du Chef d'Etat Major des armées.

François Hollande qui avait désespéré en février 2014 son service de sécurité rapproché et fait la une des journaux people pour ses escapades en scooter afin de retrouver rue du Cirque, à une jetée de pierre du Palais de l'Elysée, Julie Gayet, sa maîtresse, alors cachée, s'était discipliné depuis les attentats de 2015. Il forçait son tempérament en acceptant la chape d'une protection rapprochée.

Le programme du défilé qui figurait sur le site officiel du ministère de la Défense prévoyait l'arrivée du Président à 10:30 pour recevoir les honneurs militaires place de la Concorde puis son installation dans la tribune officielle d'où il assisterait au défilé.

Le défilé mettait, comme celui de 2015, à l'honneur les troupes engagées sur les fronts extérieurs ainsi que les forces de police et de gendarmerie engagées dans la lutte contre le terrorisme. Ouvert par un passage de Mirage 2000 au dessus des Champs Elysées, les troupes montées puis les troupes motorisées et celles à pied poursuivraient le défilé. Des gendarmes du GIGN ainsi que des policiers du Raid et de la BRI, cagoulés pour protéger leur anonymat, défileraient à partir de 11:50. Le défilé prendrait fin par le passage des Légionnaires et, enfin, la chevauchée de la Garde républicaine tandis que les Champs-Elysées seraient survolés par les avions Rafale qui formeraient le drapeau tricolore par leurs trainées de couleur. Le Président quitterait la place de la Concorde à 12:00 précises.

Etagée sur cinq niveaux, sous un dais d'acier, la tribune présidentielle accueillait au premier rang, au niveau de la chaussée, les plus hautes personnalités : le Président de la République et ses invités d'honneur, le roi Salmane ben Abdelaziz al Saoud, roi d'Arabie Saoudite et protecteur des

Lieux saints, Martin Schultz, le Président du Parlement européen, Manuel Vals, Premier ministre, quelques membres du gouvernement, Jean-Yves Le Drian, ministre de la défense, Ségolène Royal, le nouveau ministre des affaires étrangères, avait réussi, une fois encore, à se faire placer dans l'axe des caméras filmant le Chef de l'Etat. Le Président de l'Assemblée nationale ainsi que du Sénat se tenaient au second rang également. Sur les deux ailes de la tribune d'honneur, étaient regroupés des ambassadeurs, des chefs d'entreprise, quelques hauts gradés, Julie Gayet.

Au total plus de trois cent VIP.

Le Drenec avait décidé de frapper à 11:50 au moment du passage des forces anti-terroristes devant la tribune officielle. Le défilé serait presque terminé, l'attention des services de sécurité, sur le qui-vive depuis le matin, une peu relâchée car soulagée de l'absence d'incidents. La propagande est affaire de symboles et le djihadiste se réjouissait à l'avance de la vidéo montrant les 'fier-à-bras' se coucher au sol, paniqués, lors de l'attaque ou courir dans la pagaille générale. Le monde entier verrait et reverrait en boucle ces images comme il avait vu la stupéfaction des newyorkais regardant les avions d'Al-Qaïda frapper les tours jumelles, le 11 septembre 2001. L'avion avait été remplacé par un drone, un drone comme ceux des américains qui assassinaient quotidiennement des dirigeants islamiques, comme celui qui avait failli lui coûter la vie. Le symbole et la revanche seraient parfaits. 12 :00 à Paris, les images de l'attentat réveilleraient l'Amérique et seraient fêtées ce jeudi 14 Juillet dans l'après-midi en pays de Sham. Les imams pourraient se féliciter lors de leur prêche du vendredi du glorieux martyr du commando conduit par Mahmoud al Faransi.

L'agence de communication de Daech, Al'Furqan, avait déjà rédigé le communiqué de presse qui serait envoyé dans la minute même de l'attentat aux agences de presse internationales, revendiquant et célébrant cet attentat contre la France et l'Arabie Saoudite.

Que Daech ait réussi à nouveau à frapper, à frapper malgré l'état d'urgence pérennisé de mois en mois par une France aux abois, à frapper en plein Paris, la personne même du chef de l'Etat, provoquant une crise institutionnelle avec la vacance du poste de Président, de Premier ministre et de Président du Sénat, qui devait, selon les termes de la constitution de 1958, faire l'intérim de la Présidence en cas d'empêchement, pour maladie ou décès du Président élu, quelle victoire éclatante, s'exaltait Le Drenec. Des élections présidentielles anticipées, dans le contexte de peur collective provoqué par cet attentat, pouvait faire élire Marine Le Pen dont le populisme capitalisait les peurs. Pour Daech, une Présidente Front national était le plus sûr ferment de discorde, renforçant les communautarismes par ses mesures xénophobes contre l'oumma Daech rêvait d'une guerre civile confessionnelle en France. Si par malchance, François Hollande survivait à l'attentat, le réflexe sécuritaire qui avait précipité des français désemparés à voter massivement Front National aux élections régionales, jouerait tout de même à plein par la stigmatisation de l'Islam par des intellectuels dévoyés. Daech savait être le meilleur pourvoyeur de voix pour le FN dont la xénophobie et islamophobie étaient le meilleur 'sergent recruteur' de Daech alors que, déjà, les français formaient le plus fort contingent européen de combattants ayant rejoint le califat, avec, selon les chiffres officiels, environ 1700 combattants parmi les 27 000 recrues étrangères.

11:41 Saad Al Rusaed, le garde du corps personnel du roi saoudien consulta discrètement sa montre. Il devait activer la balise Argos dans sa poche à

11 :50. La manœuvre devait être faite le plus tard possible, juste avant l'apparition du drone à vue de la tribune officielle car les détecteurs d'ondes radio positionnés autour de la place détecteraient probablement la source Argos mais le temps qu'elle soit géolocalisée et neutralisée, soit pas brouillage soit par destruction par un agent du GSPR, il serait trop tard, le drone se serait déjà crashé sur la tribune. Le colonel Rusaed, en grand uniforme d'apparat, était très calme. Neuf minutes seulement le séparaient maintenant de la vengeance qu'il attendait depuis trente sept ans.

28 - Le Crillon

Louis Michel qui devait mettre en vol le drone avait préparé son plan depuis un mois déjà sous la supervision de Le Drenec. Il avait repéré l'agent de sécurité qui surveillait le weekend l'accès au chantier de réfection de l'hôtel Crillon. Le palace, avait été acheté pour 250 millions d'euros en 2010 par le prince saoudien Mitab Ben Abdalah ben Abd al-Aziz Al Saoud, fils du roi d'Arabie saoudite. Le Crillon était en pleine réfection depuis. Mitab al Saoud avait décidé de porter certaines suites, qu'il entendait se réserver, à plusieurs centaines de mètres, et de creuser un spa et une piscine dans l'hôtel particulier du XVIIIème siècle. Les travaux devaient coûter cent millions d'euros. La réouverture, régulièrement reportée était maintenant prévue en 2017.

Le Drenec trouvait une certaine ironie à ce que le palace de la place de la Concorde, passé sous pavillon al Saoud, serve de terrain de décollage au drone devant servir à assassiner le roi Salmane, blaguant : « Le fils va tuer le père et accélérer l'ordre successoral ! »

Louis Michel avait filé, quatre weekends de suite, l'agent de sécurité. Il habitait en proche banlieue, à Drancy. Le vigile prenait son service du vendredi 18:00 jusqu'au lundi 8:00, ne quittant pas le chantier, où il disposait d'une cambuse pour faire sa tambouille et dormir ou regarder la télévision entre ses rondes. La proximité de l'ambassade des Etats-Unis, gardée jour et nuit par des Marines, rendait l'effraction du chantier très improbable. C'était un petit boulot de gardiennage pépère.

Le jeudi 14 juillet 2016 était un jour férié donc le chantier serait arrêté et le chantier devrait être gardé du mercredi au vendredi matin.

Le gardien venait habituellement en voiture mais la fermeture du parking Concorde dés le mercredi 13 juillet l'obligerait, raisonna Michel, à emprunter le bus. Il devrait prendre successivement les lignes 42, 1 et 11 pour rejoindre, de la mairie de Drancy, la place de la Concorde. Impossible estima Louis Michel d'intervenir dans les transports en commun pour neutraliser le gardien et se substituer à lui. D'ailleurs, il avait peut-être la consigne d'appeler sa centrale pour assurer qu'il n'y avait rien à signaler ou l'habitude de joindre ses proches. Impossible donc de l'éliminer pour prendre sa place. Au surplus, il était certain que les services de déminage et les experts du SDLP viendraient faire une visite d'inspection la veille voire également le jeudi matin pour sécuriser les lieux. Il y avait également fort à parier que la police placerait un tireur d'élite en haut du bâtiment avec une fenêtre de tir dans la façade éphémère, formant un belvédère idéal pour surveiller la place mais dissimulé, un peu comme le tireur de Bons baisers de Russie qui tirait sur James Bond de la bouche d'une starlette affichée.

Utiliser le Crillon en travaux comme base de lancement du drone sembla un moment irréaliste à Le Drenec et Michel. Il fallait réussir à introduire

Louis Michel avec un drone sous le bras au milieu des ouvriers du chantier, mais comment ?

Louis Michel vola sans difficulté une tenue d'ouvrier Bouygues en forçant une baraque de chantier à Clichy. Il mit le drone dans une caisse à outil siglée Bouygues avec une ration de survie et une bouteille d'eau.

Mercredi

17 :00 Louis Michel se glissa au milieu des allées et venues du chantier, profitant d'un moment de distraction de l'ouvrier chargé de surveiller les entrées et sorties, dans la cohue des ouvriers pressés de quitter le chantier et de profiter du jour férié. Il se glissa dans une des chambres en cours de réfection au premier étage où il se dissimula derrière un tas de préfabriqués. A 18:00 le chantier se tut. Le gardien fit sa première tournée à 18:00. Louis Michel écouta à distance le pas du gardien redescendre les escaliers en travaux. Il attendit une demi-heure puis, marchant à pas de loup, il repéra la cambuse où le gardien regardait un match de football en chauffant sa boite de soupe. Il rechercha ensuite un local ouvrant sur le salon Marie-Antoinette, au premier étage, dont le balcon regardait sur la place, celui là même d'où l'équipe

de France championne du monde 1988 avait salué la foule. Il estimait que le gardien ne ferait pas une autre ronde avant 21:00 ou 22:00. Un salon en travaux était fermé par un X de planches. Louis Michel s'y glissa et repéra un entassement de Placoplatre prêt à l'usage. Il pourrait se cacher derrière même y dormir car il y avait fort à parier que le gardien ferait sa ronde dans les couloirs sans s'astreindre à visiter la centaine de pièces du palace une par une. Il s'astreint à ne pas dormir pour connaître le rythme du gardien. Dopé au captagon, la drogue utilisée par les djihadistes en Syrie pour annihiler peur et fatigue, il se sentait lucide malgré l'absence de sommeil. Il lui semblait flotter un peu en dehors de son corps. Le Drenec qui lui avait donné les amphétamines lui avait dit de n'en prendre qu'un comprimé toutes les cinq heures au maximum. La dernière ronde eu lieu à 22 :00. La première ronde jeudi n'aurait pas lieu avant 7 :00 pensa Michel qui s'octroya à minuit cinq heures de sommeil, sa faisant réveiller par son téléphone en mode vibreur.

Jeudi

7 :00 Sa première ronde du matin occupa vingt minutes le gardien qui ensuite prit un second café en écoutant la radio.

Les rondes avaient lieu toutes les deux heures. Donc les suivantes seraient à 9 :00 et 11 :00. Entre 11:00 et 13:00, le gardien ne serait pas dans les étages mais occupé à regarder le défilé sur sa petite télé car il avait consigne de ne pas quitter son local de sécurité sauf urgence. Le sniper serait, lui, sur le toit, à quelques étages au dessus de sa tête car, logiquement, il choisirait le niveau le plus élevé pour avoir le plus de champ de vision possible. Michel aurait tout le temps pour préparer le lancement du drone. Il envoya un sms à Le Drenec pour confirmer qu'il pourrait faire partir le drone sur la tribune distante d'à peine cent mètres à l'heure convenue. Au pire, s'il croisait par hasard le gardien entre 11 :30 et 11 :50 date où il sortirait de sa cache pour aller préparer l'envol du drone du salon Marie-Antoinette, il pourrait toujours le tuer avec le pistolet muni d'un silencieux dont l'avait équipé Le Drenec.

8:00 Louis Michel entendit le gardien parler à un homme qui inspecta avec lui le chantier. La voix du type était nette, autoritaire. Un flic assurément. Les deux hommes passèrent devant le salon condamné sans s'arrêter. Le gardien expliquait qu'il n'avait rien remarqué de suspect dans sa ronde du matin. Le flic lui annonça l'arrivée à 9:00 d'un tireur d'élite du GIGN qui prendrait place sur le toit et ouvrirait une fenêtre de tir dans la façade en toile : « On réparera cela après, ça ne se verra même pas ! le rassura le flic, on a prévenu votre direction ».

9 :00 Le sniper du GIGN arriva ponctuellement et, guidé par le gardien, se posta dans la suite Bernstein, au cinquième étage qui avait une vue imprenable sur la place de la Concorde qu'il dominait de son viseur, l'oreillette reliée au poste de commandement.

Michel estimait qu'il lui faudrait moins de cinq minutes pour sortir de sa cache, couper un cadre au cutter dans la toile peinte cachant les échafaudages et lâcher, à 11:50 précises, le drone qui prendrait son vol. Il avait calculé que le drone mettrait trente secondes pour parcourir les cent mètres séparant l'hôtel Crillon de la tribune officielle. Le bruit des fanfares et des troupes en marche, ainsi que la rumeur des milliers de gens massés, couvrirait le léger vrombissement du drone qui serait pourtant rapidement détecté par les dizaines d'agents de sécurité. Serge Rachek, le geek, avait programmé un plan de vol initial de cinq secondes sur un azimut préenregistré donnant la direction de la tribune au drone et calant son altitude de vol à trois mètres du sol par calage du GPS et de la centrale inertielle. A cette hauteur, espérait Le Drenec, l'engin volant passerait en dessous de la surveillance radar anti-drones qui étaient plus probablement réglé sur une dizaine à une centaine de mètres de hauteur pour détecter l'approche d'engins, n'envisageant pas un rase-mottes dés le décollage. Dans un délai de réaction aussi bref, il serait très difficile aux agents dotés de fusils anti-drones émettant des ondes directionnelles visant à prendre le contrôle du drone, d'intervenir à temps et très compliqué pour eux de viser un drone volant aussi bas sans risquer de toucher la foule. Par ailleurs, si la mesure immédiate des services de sécurité, à la découverte de l'envol de l'aéronef, était un brouillage des ondes radioélectriques de pilotage utilisées par les drones, un fusil anti-drone serait également rendu inopérant. Rachek avait, de toute façon, programmé la bascule, au bout de cinq secondes du vol automatique GPS, sur le calage sur la balise Argos du téléphone de Saad Al Rusaed qui serait acquise aisément à cette distance par le drone. Le temps que les experts des transmissions réalisent le ciblage du drone par un azimut calé sur une balise Argos, le drone serait venu s'écraser sur la tribune officielle. Seule une destruction en vol était envisageable mais périlleuse avec une arme conventionnelle. A cette hauteur de vol, un tir perdu pouvait toucher la foule. De toute façon, même si le drone était abattu, tombant sur la place, il libérerait son gaz sarin, causant des morts parmi les badauds ou les militaires en train de parader. Le succès létal de l'attaque était certain, estimait Le Drenec.

Le temps était beau, peu de vent sur la place. Le Drenec avait consulté la météo la veille avec satisfaction : temps ensoleillé, léger vent d'ouest. Le drone ne serait pas gêné et le gaz pourrait se disperser sans être dilué trop vite par un vent trop fort.

Il faisait un temps radieux sur Paris pour voir défiler l'armée française.

29 - Big data

14 juillet 2016

7:00 Le lieutenant Malik Benamar était de permanence à la DGSI. La crainte d'attentats à l'occasion de la fête nationale était jugé maximale par le ministère de l'intérieur.

Les locaux de la DGSI, boulevard Victor, habituellement calmes un jour férié, bruissaient des échanges téléphoniques entre les agents sur le terrain et ceux qui analysaient les alertes remontées par les logiciels d'analyse sélective des réseaux sociaux.

Malik restait préoccupé par le tuyau communiqué par le Mossad sur la présence probable en France de Le Drenec de retour de Syrie. La PAF n'avait pas repéré son passage mais l'absence de PNR (Passager Name Record) européen compliquait considérablement la traque. La fuite probable en novembre 2015 de Salah Abdeslam, le cerveau des attentats du Bataclan, probablement maintenant en Syrie, malgré son signalement international, démontrait les failles du dispositif policier de contrôle aux frontières.

Malik résuma ce qu'il savait à ce stade :

Nom : Jean Le Drenec
Nom de guerre : Mahmoud al Faransi
Nationalité : français
Antécédents :
Préparation militaire supérieur au Rima de Vannes

Sous-officier de Gendarmerie 2000-2014, affecté au GIGN en 2007
Compétences : transmissions, explosifs ?
Départ en Syrie : mai 2014 ?
Activité en Syrie : participation à la bataille de Kobané aux côtés de Daech
Déclaré mort par Daech = leurre pour faciliter son retour en France
Retour en France : octobre 2015 ?
Financement de l'attentat : rétrocommissions de football versées sur banque belge ?

Le lieutenant de la DGSI se livra ensuite à un exercice enseigné à l'école de police : se mettre dans la peau du délinquant : « Si j'étais Drenec et que je voulais frapper un 14 juillet, comment ferais-je ? »

Malik écrivit les divers modes d'action qui lui venaient à l'esprit :
- attentat suicide au milieu de la foule : possible
- tir sur les dirigeants présents à la tribune d'un spectateur : difficile compte tenu de la fermeture des axes de tirs et de la présence de policiers en civil dans la foule
- minage de la tribune officielle : improbable, sécurisé par déminage

- attentat commis par l'un des soldats du défilé cf assassinat de Sadate : très improbable car soldats sélectionnés par leur hiérarchie et armes non chargées
- avion suicide : impossible car espace aérien fermé et protégé
- drone : difficile compte tenu des matériels de détection des objets volants, des mesures de brouillage radio et dispositifs de contrôle à distance de drones et comment faire décoller un drone à proximité du défilé alors que les Champs Elysées étaient noirs de monde et l'espace aérien Défense-Etoile-Concorde-Tuileries complètement sous surveillance ?

Le défilé du 14 juillet semblait donc sécurisé sauf face à un attentat suicide, malgré la présence en nombre de policiers en civil dans la foule et le repérage par des physionomistes à la sortie des métros.

Malik ne croyait pas aux coïncidences. Le Drenec n'était pas revenu en Europe et probablement en France pour se cacher. Il était venu pour frapper. Le mode opératoire serait probablement différent des attentats du Bataclan et du Parc des Princes. Daech, affaibli par les coups de boutoirs des deux coalitions occidentales et russo-iranienne, devait conforter son image de leader du djihad par une opération encore plus spectaculaire et la France restait, avec les Etats-Unis mais bien plus difficiles à frapper, le symbole des Croisés que le nouveau Califat combattait.

Malgré l'absence d'hypothèse de mode opératoire réaliste, Malik eut l'idée de lancer une requête informatique sur l'hyper calculateur du CEA que la DGSI utilisait en temps partagé le week-end lorsque les chercheurs atomiciens le sollicitaient moins.

9:35 Malik lança une requête sur l'ordinateur pour rechercher les occurrences éventuelles des mots « Drone + n° IBAN », celui de la banque belge où avait été détecté le transfert d'un possible financement terroriste de l'agent sportif vers l'association caritative islamique, celle soupçonnée d'accueillir des fonds douteux. Le logiciel de requête récupéra les noms de l'ensemble des fabricants de drone référencés sur le web et recherche les éventuelles transactions de commerce électronique, achats en ligne, de drones payés par des virements émis par la banque.

La DGSI avait récupéré le fichier des transactions

de la banque de la Banque de Belgique dans le cadre de la coopération anti-terroriste franco-belge renforcée depuis les attentats d'octobre 2015.

Il s'était vendu 100 000 drones grand public en France et 400 000 aux Etats-Unis en 2015 donc la requête mit quinze minutes à produire des résultats.

9:45   Malik imprima les résultats de la requête. Deux transactions ressortaient du tri des Big data : l'achat de drones à une société Müller les 1er décembre 2015 et à nouveau le 20 mai à la même société. Les drones avaient été réglés par un même compte, détenu par un certain Louis Michel.

9 :50 Malik envoya en urgence un mail à la Sureté de l'Etat belge demandant si le dénommé Louis Michel était dans leurs fichiers de personnes surveillées.

10 :30 Réponse de la Sureté belge : individu non fiché.

10 :40 Malik lança une demande de coopération à l'Office fédéral de la police criminelle allemand, compte tenu de la domiciliation sociale du fabricant.

Müller était une PME; la police allemande appela son dirigeant chez lui.

11 :25 Réponse de la police allemande indiquant le nom et l'adresse de livraison des drones : une adresse dans la banlieue de Lille que Malik identifia sur Google maps comme un immeuble HLM.

11 :30 Malik décida une perquisition administrative en vertu de l'état d'urgence. Il mandata la BRI de Lille pour aller perquisitionner immédiatement le lieu.

11 :45 L'adjudant de la BRI l'appela pour lui dire qu'ils avaient découvert, après avoir enfoncé la porte d'un studio vide de ses occupants, un matériel de bricolage d'aéromodélisme, les emballages de plusieurs drones en kit du modèle recherché, des restes de repas suggérant que plusieurs personnes avaient occupé les lieux quelques jours auparavant. De nombreuses empreintes digitales également et un ordinateur.

11 :45 Malik estima l'hypothèse d'un attentat par un drone piloté par le suspect suffisamment avéré, il se précipita chez le commissaire en chef qui commandait la permanence de la DGSI et lui fit

rapport. Le commissaire alerta immédiatement sa collègue chef du GSPR.

11 :48 La commissaire commandant du GSPR ordonna aux opérateurs des radars détecteurs de drones et aux agents armés de 'tueurs de drones' de se mettre en alerte maximale. Elle informa également le garde du corps personnel de François Hollande qui se tenait assis debout au fond de la tribune de se tenir prêt, si nécessaire, à évacuer le Président en cas de menace confirmée.

Au même moment, défilait la Légion étrangère avec ses barbus en képi blanc, tablier de cuir et hache à l'épaule au son du Boudin la marche des légionnaires, cadencée à 88 pas par minute, la plus lente des troupes, qui leur valait le privilège de clôturer le défilé des troupes à pied.

30 - L'attentat

11 :45

L'adjudant-chef François Bernard, instructeur de l'Etap (École des Troupes Aéroportées de Pau), l'unité de la 11° Brigade Parachutiste, était le dernier sautant. L'hélicoptère l'avait largué à une hauteur de 300 mètres. Les six hommes avaient sauté en D-bag (deployment bag), technique permettant de sauter comme en parachute classique dans le vide, la voile pliée dans un sac, prête à se libérer et gonfler. Compte tenu du léger vent nord-est, le lâcher avait été fait au dessus de la gare du Nord, à 2400 m de la place de la Concorde. La voile voguait à environ 30 km/h. Par de légers ajustements sur les commandes, François Bernard faisait dériver son parapente tranquillement, comme à l'entraînement jusqu'à destination. Le vol devait durer cinq minutes. Sa caméra Go-Pro embarquée, reliée à la régie audiovisuelle diffusait en direct son saut. Tout marchait parfaitement. L'image était OK venait de lui confirmer le PC de commandement dans son oreillette. Leader de l'équipe de saut, il se devait de faire un saut parfait et d'arriver les deux pieds joints sur la marque placée à 20 mètres du chef de l'Etat, au regard des Champs-Elysées.

Les téléspectateurs vivaient le saut en direct, le reportage du défilé insérant des vues du vol du parapentiste au milieu de ceux des plans larges de soldats défilant et de plans serrés du Président. On voyait le visage du parapentiste qui levait la tête pour vérifier la bonne orientation de la caméra, on contemplait Paris qui se dessinait comme un zoom progressif sur Google maps dans le léger balancement du vol. Un saut parfaitement maîtrisé, grâce au millier de sauts d'entraînement au compteur personnel de l'instructeur. Sauter le dernier était toujours le privilège du leader car, largué le dernier, il devait parcourir le chemin le plus long vers l'objectif et donc corriger plus encore les effets de dérive du vent.

11 :46

Le Drenec réussit à se glisser au milieu du public amassé à l'angle formé par la rue Boissy d'Anglas avec l'avenue des Champs Elysées. Son mètre quatre-vingt dix lui permettait d'apercevoir la tribune officielle ainsi que la façade éphémère de l'hôtel Crillon. Il devait se faire exploser à 11:50 au moment même où le drone aurait dépassé l'avenue Gabriel et se mettrait en vol automatique guidé par la balise Argos dissimulé par Saad Al Rusaed dans sa poche, une balise miniature conçue pour être fixée sur le dos des oiseaux migrateurs.

Ce 14 juillet 2016, il faisait chaud. L'ancien soldat de l'armée française avait du renoncer à s'équiper d'une ceinture d'explosifs car impossible à dissimuler sous un blouson léger. Il craignait que les policiers en civil qui étaient en nombre au milieu de la foule et particulièrement aux points critiques comme l'endroit où il se tenait, ne le repérassent et l'interpellent avant qu'il puisse agir. L'explosif, du peroxyde d'acétone (TATP), d'une puissance presque équivalente au TNT avait été fabriqué artisanalement par un artificier en Belgique. La poudre de cristaux blanchâtres était contenue dans un bocal de plastique visé, enfermé dans un sac à dos Quechua qu'il portait négligemment sur l'épaule. Les 500 grammes de TATP ne serait pas aussi destructrice qu'une ceinture chargée de boulons mais suffisante pour lui emporter la tête et tuer plusieurs dizaines de badauds dans un rayon de vingt mètres. Le détonateur était formé d'un fusible simple qu'il déclencherait par un téléphone portable bricolé. Le choix de ce mode de déclenchement devait permettre en cas de repérage par la police avant d'arriver au point de sacrifice convenu, d'abandonner le sac dans une poubelle et de la déclencher à distance. A 11:49 :55, juste avant son martyr, Le Drenec ferait exploser Omar Abdelkader déclenchant sa ceinture explosive à distance par un simple sms de son portable. La panique provoquée par l'explosion provoquerait la confusion dans les services de sécurité qui feraient évacuer en urgence le Président de la république par l'arrière de la tribune au moment même où le drone viendrait se crasher sur l'arrière de la tribune, libérant le gaz sarin. Les deux portables d'entrée de gamme étaient équipés de cartes prépayées payées en liquide quelques semaines auparavant par Odile Bondues dans une boutique du Sentier.

11:46

Le défilé touchait à sa fin. Les parapentistes se posaient, l'un près l'autre, avec brio juste devant la tribune officielle et ramassaient à la hâte leurs ailes de parapente pour aller enlever derrière la tribune leur tenue de saut puis revenir se ranger en rang pour rendre les honneurs au chef de l'Etat. Seul 'A', le leader de l'escouade de l'Etap, était encore en vol. On apercevait déjà son aile tricolore en approche au dessus de la gare Saint-Lazare.

Les Légionnaires venaient de dépasser la place Clemenceau. Un bruit des brodequins frappant en cadence les pavés, scandant les mâles paroles de la chanson 'Tiens, t'aura du boudin' s'approchait lentement. Il ne restait plus que la Légion étrangère à faire défiler devant les autorités civiles et militaires, juste avant la Garde républicaine à cheval, qui, en grande tenue de service, casque étincelant, cimier à tête de méduse, plumet rouge en plume de coq et houppette en crin de cheval, piaffait, elle, à hauteur de George V. Le défilé touchait à sa fin. Le Président blaguait avec Manuel Vals tout en souriant au roi Salmane al Saoud. C'était une belle journée et l'armée française avait belle allure.

11:47

Omar regarda pour la troisième fois en moins d'une minute sa montre. Ses paumes étaient moites. Il ressentait un certain vertige. De la peur, oui de la peur, malgré les innombrables vidéos de martyres visionnées pour lui donner l'exemple; les martyrs fixaient la caméra et affirmaient en arabe ou dans un anglais approximatif "We love death as you love life !". Il avait peur; non pas de mourir mais d'être repéré avant de se faire exploser. Il ne lui restait plus que quelques minutes à vivre avant d'aller rejoindre le paradis d'Allah promis aux martyrs.

11:49

Dans sa cache du premier étage de l'hôtel Crillon en travaux, Michel avait fini de préparer le drone tueur. Il avait vérifié que les quatre moteurs fonctionnaient bien. Le programme préenregistré calerait le vol sans pilote sur l'azimut 48,87 / 2,32, les coordonnées GPS de la place de la Concorde Le programme de pilotage automatique du drone était programmé pour permettre un décrochage dynamique du pilotage GPS sur le calage de la balise Argos. Ainsi, même si la police activait les brouilleurs d'onde radio, le drone se calerait automatiquement sur la balise Argos activée par Saad Al Rusaed.

Michel découpa au cutter, une fenêtre de la taille du drone dans la toile, laissant quelques centimètres intacts aux coins du cadre, pour pouvoir la déchirer d'un coup au dernier moment, à 11:49:40 précises afin de ne pas prendre le risque de se faire repérer par les policiers qui scrutaient en permanence à la jumelle les façades des bâtiments entourant la place de la Concorde.

11:49

Saad Al Rusaed activa du doigt l'interrupteur de la balise Argos qu'il avait dissimulée dans sa poche. Il avait acheté la balise sur Alibaba après avoir reçu un message de son agent traitant, un Frère musulman rallié à Daech. La balise était de la taille d'un briquet miniature, ne pesait que 20 grammes et ne mesurait que cinq centimètres. Rachek avait spécifié un modèle qui émettait sur une fréquence différente des balises Argos commerciales mais au dessus des fréquences utilisées par la téléphonie mobile. Il espérait ainsi échapper au brouillage standard. Le repérage de la longueur d'onde émise par la balise et l'émission automatique d'un signal de brouillage sur la fréquence d'émission de la balise prendrait, estimait-il, entre 5 et 10 quelques secondes au minimum au servant du brouilleur d'ondes. Le drone Müller volait à 52 km à l'heure, il lui faudrait donc 13 secondes pour parcourir le trajet de deux cents mètres entre l'hôtel Crillon et la tribune officielle. Le temps de repérer l'envol de l'objet volant et d'activer les parades, ce serait un miracle si les services de sécurité réussissaient à l'intercepter dans un délai aussi bref avant qu'il ne vienne se fracasser sur la tribune libérant le nuage de gaz sarin.

D'après les calculs de Le Drenec, les 300 grammes de gaz sarin dispersés par un nuage dense sur 100 m² autour de la tribune devait tuer au moins 200 personnes soit près de la moitié des invités et, avec de la chance, si le timing était bon, le Président François Hollande et le roi Salmane al Saoud, au moment où ils tenteraient de s'enfuir par l'arrière de la tribune. Tout se jouerait à une poignée de secondes près.

11 :49

La Commissaire Sofiane Hata, chef du GPSR, à la réception de l'alerte de la DGSI, jugea le risque avéré maximal; elle décida de déclencher immédiatement le brouillage des communications GPS et GSM jusqu'à la fin de la cérémonie et le départ du Chef de l'Etat. Le PC de commandement bascula automatiquement sur la fréquence d'urgence, en dehors de la bande GSM.

11:49 :40

Michel mit en marche le drone et, le tenant de la main gauche comme un oiseau de proie, un de ces faucons dressés qu'affectionnaient les riches princes du Golfe honnis, il déchira de la main le carré prédécoupé dans la toile peinte recouvrant les échafaudages devant l'hôtel de Crillon et lâcha l'engin pour qu'il vole vers sa proie, le Président François Hollande. La centrale inertielle du drone assura un vol droit pendant la première seconde de vol, soit sur les premiers quatorze mètres, mais, faute de calage GPS, le drone, contrarié par le léger vent se mit à prendre la tangente vers la rue de Gabriel, en direction de l'ambassade des Etats-Unis au lieu de se diriger tout droit vers la tribune dressée face aux Champs-Elysées. Le drone n'avait plus de direction, il volait à trois mètres du sol mais, poussé par le vent léger qui balayait la place, en direction des Tuileries, dérivait de l'axe la tribune. Arrivé à l'angle de la rue Boissy d'Anglas, le drone perçut le signal de la balise Argos et, automatiquement recala, sa trajectoire en virant sur l'aile à quarante-cinq degrés pour filer vers la tribune menaçant de se fracasser contre la statue de Lille postée à l'angle nord-ouest de la place.

11:49 :41

Les radars de surveillance de l'ambassade des Etats-Unis détectèrent immédiatement l'engin volant et mirent en alerte les Marines placés dans les guérites regardant la place. Les Marines levèrent les yeux et virent à une vingtaine de mètres le drone qui semblait leur foncer dessus. Ils armèrent leur FM qu'ils pointèrent vers le drone, attendant l'ordre d'ouvrir le feu. L'officier de sécurité de l'ambassade US prévint le PC de la police française de la place de la Concorde.

11:49 :42

Le sniper placé au surplomb de la place vit un drone prendre son vol de la façade de l'hôtel Crillon, littéralement sous ses pieds. Il lança l'alerte immédiatement au PC. Le colonel commandant du PC ordonna au servant du fusil anti-drone d'intervenir. Les échanges entre les hommes étaient brefs, précis, calmes. Le colonel ordonna au sniper de ne pas quitter sa position. Deux agents du SPSR, en surveillance devant l'ambassade des Etats-Unis, furent chargés d'aller interpeller le pilote du drone. Les deux agents n'avaient qu'à traverser la rue et entrer par l'entrée du chantier, éloignée de vingt pas, sur la rue Boissy d'Anglas.

11:49 :45

Le garde du corps de François Hollande reçut dans son oreillette le message 'Code 10'; alerte maximale, il fallait évacuer immédiatement le Président ! Le garde du corps remonta les trois rangées des fauteuils des VIP et se pencha à l'oreille du Président qui, l'entendant mal, dans le brouhaha de la musique militaire, le fit répéter. Le chef de l'Etat leva le sourcil puis se leva immédiatement mais calmement pour ne pas créer de mouvement de panique dans la foule. Le regard des deux hommes balaya la place et aperçurent alors un point en mouvement en l'air, un drone, qui semblait filer à toute allure en direction d'un policier qui braquait une sorte de fusil vers lui. Le Président se mit alors remonter à toutes jambes, l'allée vers la porte dérobée ouvrant à l'arrière de l'estrade où l'attendait sa voiture blindée, entraînant par le bras Ségolène Royal assise derrière lui.

11 :49 :45

Le Drenec sortit le téléphone connecté à la ceinture explosive d'Omar et appuya sur le bouton envoi pour former le numéro préenregistré. Instinctivement, il serra ses muscles comme quand il était au combat. Rien. Aucune explosion. Seul le chant des légionnaires qui allaient déboucher sur la place, dans les pas des agents du Raid. Il tenta à nouveau de se connecter sur le déclencheur de la bombe d'Omar. Toujours rien.
Omar allait-il avoir le courage de se faire exploser avec son propre téléphone ?

11:49 :46

Le gros jouet, dans un vrombissement rendu inaudible par la marche jouée par la fanfare de la Légion, volait tout droit vers la tribune présidentielle, sa centrale inertielle calée sur la balise Argos de Saad Al Rusaed qui s'était rencogné derrière un pilier de la tribune afin que l'aéronef vienne s'écraser sur la structure. Le frelon mécanique sembla accélérer. Les policiers avaient sorti leurs armes de poing en direction de l'aéronef qui fonçait sur eux mais retenaient comme les Marines leur salve, attendant l'ordre de tir à vue. L'arme anti-drones braquée sur l'attaquant se révéla inopérante car le drone, volant en mode automatique, ne répondait plus aux ordres de commandes manuelles ou alors était rendu inopérant par le brouillage électromagnétique activé entre-temps.

Le porteur du fusil tueur de drones cria 'Fire and forget' dans son micro-cravate pour alerter le PC sur son incapacité à annihiler le drone. 'Fire and forget', tirer et oublier : le mode habituel de tir des missiles air-air ou air-sol, quand l'avion porteur lâche son missile sur une cible désignée par sa signature radio ou thermique, s'il s'agit d'un avion ou par son repérage GPS s'agissant d'un cible fixe comme un bâtiment, avec pour les missiles les plus sophistiqués un calage laser ultime pour assurer une frappe à la dizaine de centimètres près.

11:49 :46

L'adjudant-chef François Bernard voyait maintenant la place de la Concorde grossir sous ses pieds. Il apercevait maintenant distinctement, à cent mètres en dessous de lui, à 8 heures, le pyramidion doré à l'or fin de l'obélisque de Louxor, qui formait un parfait point directionnel avec le velum peint aux couleurs tricolores de la tribune. Il eut une brève pensée pour son fils de douze ans, Benoit, qui regardait avec sa maman le défilé à la télévision dans leur modeste F3 à Pau mais se reconcentra en un instant sur le contrôle de sa trajectoire. Le para tira un peu sur les freins pour ajuster encore son vol. Il voyait maintenant distinctement les copains, déjà posés, qui repliaient leur aile par larges brassées puis trottinaient derrière la tribune pour enlever leur tenue de saut avant de se présenter au garde-à-vous en ligne devant François Hollande, chef des armées.

François Bernard consulta son altimètre. Plus que cinquante mètres avant le poser. Il ne chutait plus qu'à 8 mètres secondes maintenant. Dans six secondes il toucherait le sol. Vol parfait, il viendrait taper au centre de la cible formée par une croix blanche sur la place, là où les troupes se divisaient, comme la Seine aux pieds du zouave du pont de l'Alma, menaçant puis esquivant au dernier moment la tribune dans un grand mouvement aqueux.

11:49 :46

Omar ânonna entre ses lèvres la Chahada (profession de foi musulmane) en sortant de sa poche le téléphone déclencheur. Il appuya sur la touche envoi. Rien ne se passa. Il réitéra l'appel. Toujours rien ! Le téléphone affichait 'Hors couverture réseau' ! Quelques instants après il était mis hors d'état de nuire.
11:49 :47

Le Drenec vit le drone s'envoler puis, de manière incompréhensible, prendre une mauvaise direction avant de virer sur l'aile pour se recaler. Il ne se résolut pas à actionner sa bombe tout de suite, voulant voir l'issue de l'attentat avant de se suicider. Quand le drone reprit, sans plus hésiter, son vol rapide vers la tribune, Le Drenec décida qu'il ne lui fallait plus attendre pour de se faire exploser et provoquer la panique qui ferait faire fuir François Hollande et Salmane al Saoud à l'arrière de la tribune, là où le drone allait s'écraser et répandre son nuage mortel de gaz sarin. Il saisit alors son téléphone et appuya sur la touche envoi afin de se faire exploser, fermant les yeux et en hurlant "Allâh Akbar !" (Dieu est le plus grand) mais rien ne se passa. Il rouvrit les yeux. Les spectateurs autour de lui le regardaient avec effroi, ayant entendu son cri. Drenec refit fébrilement un second appel mais toujours sans succès. Il regarda stupéfait son téléphone; il indiquait être 'hors couverture', aucune barre de signal ! Le téléphone était inopérant. L'ancien adjudant des Transmissions comprit que toutes les ondes étaient brouillées et réalisa pourquoi le drone avait été désorienté pendant les premières secondes de vol. Ne pensant pas un instant s'enfuir, profitant de la confusion et de la peur, il bouscula le dernier rang de spectateurs qui formaient rideau devant la barrière métallique qu'il enjamba d'un seul saut. En un instant, il ouvrit son sac à dos, en sortit l'Uzi qu'il ne prit pas le temps d'armer, remit le sac à dos et courut vers la tribune présidentielle distante de cinquante mètres. Le Drenec espérait que les balles tirées sur lui par les policiers fassent exploser le TATP enfermé dans son dac à dos. Son martyr était filmé par toutes les caméras du monde, bombe humaine vue avec effroi en direct par des dizaines de millions de téléspectateurs.

11:49 :49

Le roi d'Arabie saoudite et les autres invités d'honneur comprirent en voyant François Hollande quitter la tribune avant la fin du défilé que quelque chose de grave se passait. Les yeux rivés sur le défilé, ils n'avaient pas remarqué l'agitation des forces de sécurité autour du bâtiment depuis quelques instants. Un mouvement de foule se produisait à l'angle Boissy d'Anglas - Gabriel; des gens courraient paniqués, des policiers accouraient vers un homme qui venait de sauter par dessus la barrière métallique et s'élançait un pistolet-mitrailleur à la main vers eux. La peur saisit les personnalités qui s'égaillèrent dans la confusion, la plupart par l'arrière-scène, quelques uns prirent le parti de fuir vers la Seine, se bousculant.

Les journalistes qui commentaient le défilé en direct furent interloqués par la vue du François Hollande s'esquivant puis de la confusion des invités quittant à leur tour la tribune et ne surent que décrire les images que les spectateurs du monde entier voyaient, avec la même stupeur que les journalistes américains découvrant avec les téléspectateurs américains les avions de ligne se précipiter l'un après l'autre dans les Tours jumelles. Un attentat en direct, en mondovision, sur le chef de l'Etat français !

11 :50

Les deux agents du GPSR entrèrent dans le chantier. Ils découvrirent le gardien qui regardait sur sa petite télévision les yeux écarquillés le gros plan sur la tribune présidentielle, François Hollande se levant avec hâte, un policier semblant viser quelque chose avec une sorte de bazooka miniature. Le vigile vit entrer dans son réduit, sans bruit, deux hommes en civil, armes au poing, comme dans un mauvais film. Il leur indiqua l'escalier conduisant au salon Marie-Antoinette sur le plan du chantier affiché au mur. Le leader fit rapport d'une voie basse, ordonna au gardien de rester dans sa cagna et s'engagea à pas rapides et silencieux dans l'escalier. Les deux hommes progressèrent rapidement, comme à l'entraînement, chacun couvrant, successivement, son collègue.

11:50

Le Drenec courait en direction de la tribune présidentielle; il ne put parcourir que dix mètres; il sentit un poids s'abattre sur son dos, une clé au cou l'étrangler et fut précipité au sol, le bras tordu. C'était un policier en faction devant la barrière qui alerté par le début de panique l'avait repéré en train d'enjamber la haie. Un second policier l'arme au poing, rejoignit son collègue et tint en respect Le Drenec, immobilisé au sol, dans sa ligne de mire, à bout portant. Le terroriste réussit à lever les yeux vers le Crillon et vit avec satisfaction le drone qui n'était plus qu'à une vingtaine de mètres de sa cible.

11:50 :02

Rien ne semblait pouvoir arrêter le vol du drone qui prit un cap vers l'arrière du préfabriqué, là où était garée la berline blindée du chef de l'Etat. A trois mètres de la voiture où s'apprêtait à monter le Président de la république, François Hollande, se tenait Saad Al Rusaed qui récitait la Chahada, les yeux clos. Le drone volait, implacable, droit sur lui. La bombe chimique n'était plus qu'à vingt mètres de sa cible. Le Président n'aurait plus le temps de monter dans sa berline et de fuir, par le pont de la

Concorde puis le Quai d'Orsay, vers le bunker situé sous la place des Invalides, là où était installé le centre d'écoutes et le PC de commandement en cas de crise.

11:50 :03

François Bernard, le moniteur du régiment fixait le sol entre ses pieds avec calme, se recalant par petits mouvements sur les sangles de l'aile. Quelque chose de bizarre se passait. Il voyait un homme courir vers l'avenue Gabriel en brandissant une sorte de fusil équipé d'un drôle de cône en guide de canon. Un fusil anti-drone réalisa le soldat. Mouvement de foule à l'angle de la place. Le caporal Samir Gendouzi, avant dernier sauteur venait de se poser mais semblait hésiter à replier son aile; figé il semblait regarder également vers l'ambassade des Etats-Unis. Un policier sortit son arme et semblait faire feu vers un point en l'air en direction de l'ambassade des Etats-Unis dont il voyait distinctement maintenant le drapeau étoilé. Si le policier continuait son tir dans cette direction, il allait se trouver dans la trajectoire du feu du policier, réalisa l'adjudant-chef qui prit le parti de dévier de quelques mètres sa trajectoire pour arriver dans un axe plus nord-est sur le point de touche. Le policier apercevant le soldat qui allait de poser sembla hésiter à poursuivre son tir. François Bernard prépara son atterrissage en se préparant à plier les jambes et puis courir sur quelques pas pour amortir sa chute. Il voyait déjà les pavés sous ses pieds quand quelque chose vint se loger dans l'aile du parapente le déséquilibrant. Grâce à son expérience des sauts par vent au sol soutenu, l'adjudant-chef donna un coup de reins et ne perdit pas l'équilibre. Il se posa parfaitement et, après avoir trottiné sur quelques mètres, il se retourna pour tirer à lui l'aile qui volait encore au dessus du sol tirée par sa course et par le vent léger qui balayait la place. La toile lui sembla plus lourde que d'habitude mais, par un mouvement, répété mille fois, il hâla, par larges brassées, les cordes de l'aile, ramenant à lui l'aile tricolore. Quand il saisit le paquet de toile légère du parapente, il sentit un objet dur qui frémissait. Un agent du SDLP se précipitait vers lui en criant : "Ne le pose pas ! Garde-le comme cela !"

Déjà, trois hommes de l'équipe de déminage se précipitaient vers les deux hommes. L'un prit délicatement l'engin capturé, qui vrombissait dans l'aile repliée comme un frelon emprisonné sous un verre retourné, et le posa au centre d'une caisse blindée visant à réduire les effets de souffle éventuels d'une explosion.

11:50 :03

Le servant du scan de radiofréquences vit apparaître sur son écran de contrôle une source électromagnétique inconnue. Il émit immédiatement un signal de brouillage et lança une demande de localisation. Le brouilleur était associé à un dispositif de repérage de tout objet émettant des ondes par coordonnées GPS par calage sur des balises magnétiques placées aux quatre coins orthogonaux de la place de la Concorde émettant sur une longueur d'onde hors de la bande de fréquence GSM brouillée. Le dispositif permettait de situer tout objet émettant ou recevant des signaux électromagnétiques avec une précision de 20 centimètres. L'écran afficha une carte de la place, le point clignotait à proximité immédiate de la tribune ! L'opérateur zooma la carte sur une échelle de cinq mètres et visualisa la balise à moins de dix mètres de lui. Il zooma encore et sut que la balise était dans la poche de l'homme qui se tenait adossé au pilier Nord-est de la tribune, un garde du corps arabe. Celui du roi d'Arabie saoudite ! Le servant du brouilleur fit un signe discret à son collègue en désignant le point. L'autre technicien des transmissions comprit et, rapidement, mais sans précipitation, alla parler à l'oreille d'un policier du GPRS en lui désignant des yeux le garde du corps. Le policier sortit son arme et se dirigea immédiatement vers Saad Al Rusaed qui marmonnait les yeux fermés. A deux mètres, le tenant en joue, le policier cria en sa direction « Haut les mains ! ». Saad Al Rusaed ne tenta pas de fuir ; il sortit son arme de son holster et, appliquant le canon à sa tempe, il partit confiant vers le paradis promis aux martyrs. Le coup de pistolet alarma la dizaine de membres du GPRS qui, réalisant en un instant la situation, se précipitèrent vers la porte ouvrant sur la tribune officielle pour prendre en charge la personnalité qui leur avait été assignée. Le Président François Hollande sortait à ce moment en toute hâte, précédé de son garde du corps, arme au poing. Instinctivement, les membres du GPRS firent une haie de protection au chef de l'Etat jusqu'à sa voiture blindée qui l'emporta encadrée par deux motards toute sirènes hurlantes.

10:50 :05

Louis Michel assista avec consternation à la dérive du drone. Il sacra : "Nom de Dieu !" malgré l'impiété de l'imprécation. Ses ordres étaient de ne pas finir martyr car ses compétences de pilote de drone étaient jugées précieuses par le commandement de Daech. L'Etat islamique, soucieux de protéger ses artificiers, ses cyber experts, ses communicants, ne les exposait jamais au combat. Les jeunes recrues occidentales, les tchétchènes servaient de chair à attentats kamikazes; les femmes et les enfants étaient également sélectionnés pour des missions martyres, les femmes car elles dissimulaient aisément des ceintures d'explosif sous leurs larges abayas, les jeunes car plus aisément fanatisables et semblant inoffensifs. Les cadres irakiens et syriens de l'organisation sunnites avaient organisé une 'répartition des tâches'.

Louis Michel ne quitta pourtant pas son poste de combat immédiatement, suivant des yeux le vol erratique du drone. Il tenta de reprendre la main en activant le pilotage manuel mais le drone ne répondit pas. Les ondes radio étaient brouillées ! Au bout de cinq secondes d'errance, le drone sembla enfin se décider et adopta une trajectoire rectiligne vers la tribune.

Le petit drone ne disposait pas d'un dispositif de type anticollision comme celui équipant les avions de grande taille. Il sembla devoir s'écraser contre la statue figurant la ville de Lille la frôlant à quelques centimètres. Cent cinquante mètres séparaient maintenant l'aéronef de sa cible. Plus aucun obstacle sur sa ligne de vol. Un type braqua un fusil anti-drone mais sans effet sur le drone qui naviguait aux instruments.

Louis Michel se leva alors pour quitter le chantier du Crillon, profitant de la confusion qui serait créée par l'attaque au gaz de la tribune simultanée avec l'explosion d'Omar et de Le Drenec. Il était temps qu'il fuit avant que le gaz ne répande son nuage mortel sur place. Concentré sur le suivi du drone, il n'avait pas entendu le pas des policiers qui avaient découvert le terroriste regardant par le trou de la toile peinte.

Pris sous la ligne de mire croisée des deux hommes, il ne tenta pas de saisir son arme dans son sac à dos et fut, en un instant, menotté.

11:51

La tribune officielle était maintenant désertée. La foule qui avait vue sur la tribune officielle à partir des deux angles de la place, refluait en panique. La panique comme une houle de haute mer se propageait aux spectateurs agglutinés le long des jardins Marcel Proust. Le public placé entre Champs-Elysées Clémenceau et l'Etoile, ayant déjà vu passer les Légionnaires et la Garde républicaine, se dispersaient déjà tranquillement. L'impossibilité de téléphoner surprit des centaines de personnes qui voulaient prévenir de leur départ où qui bavardaient pendant le défilé, mais comme tout semblait calme, aucune panique. L'interpellation de Louis Michel s'était faite en douceur et était passée inaperçue sauf de quelques badauds.

11 :51

Le roi Salmane al Saoud réussit à se frayer un chemin au milieu des autres VIP, furieux contre Saad Al Rusaed, son garde du corps qui aurait du être là. Voulant garder sa dignité sous les caméras du monde entier, il se refusait à courir et marchait d'un pas rapide, tenant son abaya noir brodée de fil d'or à deux mains pour ne pas s'entraver. Il avait le souffle un peu court et se promit de sanctionner gravement la défaillance de Saad Al Rusaed qui aurait du être là pour le protéger de son corps. Quand il ressortit des coulisses de la tribune, il vit bien sa Mercédès blindée et son chauffeur mais pas de Saad Al Rusaed. La confusion régnait. Des motards, toutes sirènes hurlantes, entrainaient la berline de François Hollande vers le pont de la Concorde. Il s'engouffra dans la voiture qui prit à toute allure l'avenue Gabriel en direction de l'ambassade d'Arabie Saoudite sise au 5 avenue Hoche. Malgré les cordons de police, la voiture se trouva bloquée à hauteur de l'avenue Matignon par la foule en reflux.

Le roi était inquiet car le service du protocole ayant décidé que les personnalités se trouvaient, pendant le défilé sous la protection du seul GPSR, avaient refusé la présence de membres des forces de sécurité non françaises aux abords de la tribune pour éviter un attroupement. Le GPSR ne voulait pas se retrouver avec une cinquantaine de 'gros bras' faisant le poireau et compliquant leur travail en cas d'urgence. Seuls le roi d'Arabie saoudite et les ambassadeurs américain et israélien étaient, par passe-droits, accompagné de leur garde du corps personnel et avaient pu garer leur voiture blindée à côté de celle du chef de l'Etat français. Les motards qui devaient accompagner le départ des dignitaires prévu à 12 :00 qui stationnaient jusqu'alors rue Royale et les voitures officielles parquées rue de Rivoli arrivaient dans la précipitation. Le ballet bien réglé par le protocole était devenu un grand désordre. Les voitures blindées avaient pour la plupart pris le parti de partir sans attendre leur escorte. Seul le Président était parti encadré de deux motards, sirène hurlante.

11 :51 :20

Le roi reçut un appel de l'ambassadeur d'Arabie saoudite en France, resté en arrière qui l'informa que Saad Al Rusaed au moment où il allait être interpellé par le service de sécurité français s'était suicidé d'une balle dans la tête.

**28 - Epilogue
Légion d'honneur**

Les images de l'attentat manqué du 14 juillet 2016 firent le tour du monde en quelques secondes. Les télévisions et radio du monde entier interrompirent leurs programmes habituels pour faire un communiqué exceptionnel et passer les images de l'attentat de Paris. On voyait en boucle le Président François Hollande et roi Salmane al Saoud quittant la tribune, un homme qui enjambait la barrière de sécurité et courrait, une arme à la main, vers la tribune présidentielle avant d'être plaqué au sol par des policiers.

Une photo agrandie montrait le drone en vol sur fond de façade éphémère de l'hôtel Crillon avec le drapeau américain en arrière plan. Le cliché qui réveillait le souvenir du 11 septembre offensa la nation américaine. Cette image et celle du départ en hâte du président furent reprise par al Furqan, l'agence de presse de Daech, dans un communiqué de revendication envoyé à toutes les agences de presse qui fut posté sur les comptes Facebook et Twitter islamistes relais, avec le commentaire triomphaliste : « L'Etat Islamique frappe Paris lors de la fête nationale française, le kâfir, François Hollande, et l'apostat, le roi saoudien, s'enfuient ! ».

L'attentat était, techniquement, un échec mais, médiatiquement, un succès pour Daech.

Le grand Mufti de la Mecque exprima son indignation de l'attaque contre le Protecteur des lieux saints par une organisation qui dévoyait l'islam. Le roi Salmane d'Arabie Saoudite était rentré en son palais de Ryad, furieux contre François Hollande qui avait entraîné dans sa

« fuite » son ex femme, l'abandonnant « au feu des terroristes ».

Julie Gayet, la compagne du président, abandonnée à son sort avec la piétaille des invités siégeant sur la tribune annexe, refusait de répondre aux appels de son présidentiel amant. Les journaux people glosaient sur les amours malheureuses de François Hollande se demandant si la belle ainsi négligée allait commettre aussi un livre témoignage. Après le best-seller *Merci pour ces moments* de l'acariâtre Valérie Trierweiler, *Quelques balades en scooter et puis s'en va* de Julie Gayet ?

Le Pape François témoigna son émotion et sa fraternité avec le peuple français, de toutes confessions, frappé lors de cette fête républicaine. Les cardinaux traditionalistes de la Curie romaine jugèrent ce message de soutien à une fête laïque célébrant l'avènement d'une République qui allait couper le cou à son Roi très chrétien, peu avisé.

La Russie, engagée dans des actions de frappe coordonnées avec la France, faute d'avoir pu convaincre l'alliance militaire occidentale de s'unir à l'axe Iran-Syrie-Russie-Hezbollah, condamna cette attaque en suggérant, par un coup de pied de l'âne, que cela ne faisait que traduire l'incohérence de la position saoudienne de refuser d'associer Hafez al Assad à une sortie politique de la guerre en Syrie.

Israël surveillait du haut du Golan la reconquête, sous le bouclier de feu créé par les frappes russes, d'une petite Syrie par les armées loyalistes syriennes et leurs supplétifs de la brigade Al Qods et du Hezbollah. A l'est, l'armée irakienne chiite progressait dans la reconquête du pays de Sham sunnite contrôlé par l'Etat islamique. L'Arabie Saoudite avait achevé sa clôture électrique longue de centaines de kilomètres le long de sa frontière commune avec l'Irak et la Syrie. La guerre menée par les pétromonarchies du Golfe contre les Houtis chiites au Yémen piétinait. AQPA y conservait ses bastions, regardant dans l'indifférence les Houtis se faire bombarder par l'aviation saoudienne. L'Etat islamique y commettait des attentats.

Michel Platini avait été définitivement écarté de la course à l'élection 2016 à la présidence de la Fifa par la vendetta de Blatter et les manigances de ses hommes liges qui, soucieux de se dédouaner, mordaient aussi la main qui les avait nommés en se désolidarisant de l'ex Président.

Le danger nucléaire syrien était pour l'instant écarté mais le Mossad surveillait étroitement les allers et venues des experts iraniens et nord coréens, n'excluant pas de renouveler des opérations ciblées sur les personnes et les installations en cas de nécessité. En janvier 2016, La Corée du Nord avait procédé à un essai nucléaire déclaré comme celui d'une bombe H provoquant les protestations unanimes du Conseil de sécurité, Chine incluse.

Les Etats-Unis étaient en pleine campagne présidentielle. Hillary Clinton tenait la corde malgré le populisme du trublion Donald Trump et cherchait une voie étroite, osant une critique 'constructive' de la diplomatie de son prédécesseur, Barak Obama, à laquelle elle avait œuvrée en début de mandat, affirmant, sans preuves, la capacité des Etats-Unis à faire balance à la prééminence de l'alliance 4+1 chiite qui, seule engagée avec troupes au sol, occupait la Syrie en voie de reconquête alors que l'alliance occidentale lui facilitait le travail par ses frappes aériennes sur Daech. Les pourparlers onusiens pour une solution politique piétinaient. Plus de 260 000 morts déjà.

Le Drenec, Louis Michel et Omar Abdelkader, inculpés d'actes et d'associations terroristes, étaient incarcérés dans le quartier d'isolement de la prison de Fresnes. L'enquête fit le lien avec les trois crimes commis dans le motel la veille de l'attentat. L'exploitation de la vidéo de la station de métro et d'une agence bancaire sur le trajet suggéra la présence éventuelle d'une complice féminine du commando mais l'absence de gros plans du visage de la femme ne permit aucun rapprochement avec les bases de la DGSI.

L'habituel débat stérile de la blogosphère politicienne française tourna comme un moulin à prières. Abondant grain à moudre pour les rédactions parisiennes : l'échec de l'attentat contre le président François Hollande devait-il être lu comme la démonstration de l'efficacité des services de sécurité français, l'alerte donnée par la DGSI ayant permis d'éviter deux attentats kamikaze, où comme la démonstration de la fragilité du dispositif de protection des plus hautes autorités de l'Etat, le drone n'ayant été rendu inoffensif que par un concours de circonstances heureux ? Marine Le Pen faisait feu du bois sécuritaire en affirmant, du ton bravache paternel, qu'elle aux responsabilités, on ne verrait plus jamais une telle déroute (la famille Le Pen aime les termes guerriers) de la police française.

Le ministre de l'intérieur Bernard Cazeneuve fit voter en procédure d' urgence un projet de loi, sur rapport du SGDN, renforçant la réglementation sur l'usage des drones, limitant le poids des drones de loisirs à un kilogramme et obligeant à une déclaration en ligne sur un fichier d'identification des propriétaires de drones d'un poids supérieur à 500 grammes. Le vol de loisir des drones fut également interdit au delà de trente mètres d'altitude et de tout l'espace aérien des villes de plus de dix mille habitants interdit.

Malik Benamar avait suivi le déroulement du défilé du 14 juillet 2016 sur une fenêtre de l'écran de son ordinateur, une autre fenêtre affichant le fil des alertes échangées entre la DGSI et le PC de police dirigeant la protection du défilé et de la tribune officielle. Il avait repéré le drone, point minuscule sur la façade du Crillon, suivi l'échec de la prise de contrôle à distance par le fusil anti-drone, vu le chef de l'Etat aller se protéger de l'attaque quelques instants avant que le drone ne soit miraculeusement capturé par l'aile du militaire parapentiste.

Le vendredi 15 juillet 2016, le capitaine Morel demanda au lieutenant Malik Benamar de l'accompagner à la réunion de direction où aurait lieu le debrief de la journée précédente et où le Directeur passerait ses consignes pour le travail de la journée à venir. Le rang de Malik ne lui donnait normalement pas accès à ce cénacle.

Paul Vralac, le directeur félicita publiquement Malik pour son initiative de recherche d'une occurrence 'drone / banque belge' qui avait permis de mettre en alerte renforcée les services et de prévenir deux attentats kamikaze, ajoutant : " La lutte contre le terrorisme, c'est comme le tonneau des Danaïdes; nous le savons tous ici autour de la table; pour un terroriste arrêté, se lèveront deux terroristes en mal de revanche; mais c'est notre honneur de policiers de ne jamais faiblir face à une menace qui ne sera pas annihilée avant une génération; la solution est politique; elle n'est pas de notre compétence; la nôtre c'est de limiter le nombre de nos concitoyens tués aveuglement par les terroristes ".

Par décision du Président de la république et en accord avec le Grand Chancelier de la Légion d'honneur, une liste complémentaire, sur la réserve du Président de la République, fut publiée au Journal officiel le 21 juillet, soit une semaine après la traditionnelle promotion, avec un seul nom celui de Malik Benamar. Le 21 juillet, à 8:30, un motard de la gendarmerie vint remettre en mains propres, à Madeleine Benamar qui faisait déjeuner Omar à l'école et Caroline, une lourde enveloppe gravée aux armes de la Présidence de la république. Caroline dans les bras, Madeleine déchira l'enveloppe et découvrit, sous la signature manuscrite de François Hollande, l'annonce de la promotion à l'ordre de la Légion d'honneur de son époux Malik Benamar. Elle appela Malik qui répondit gaiement : « Tu vas pouvoir mettre ta petite robe de coquetel à nouveau ! ». Le Directeur et Morel lui avaient caché la surprise. Le service apprenant la nouvelle félicita chaleureusement Malik, sans aucune jalousie car, à travers lui, c'était tout le travail de la DGSI qui était reconnu.

L'adjudant-chef François Bernard de l'ETAP, pour avoir fait écran volontaire de son corps au drone porteur d'une bombe chimique, fut cité à l'ordre des armées et autorisé à porter la Croix militaire avec palmes.

Le service du protocole de l'Elysée informa Malik Benamar que la cérémonie de remise de la Légion aurait lieu dans un salon du palais le 28 juillet à 17:00, si cela convenait au récipiendaire car : "Le Président devait ensuite partir pour un bref repos au fort de Brégançon." Il serait fait Chevalier par le Président de la république. Le protocole demanda à

Malik de communiquer la liste de ses invités privés la veille pour la préparation des badges visiteurs.

Malik demanda au Directeur Paul Vralac de lui faire l'honneur d'être présent. Il invita son chef et ami, le capitaine Paul Morel. Ce seraient ses deux seuls invités avec son beau-père Antoine Martin. Il vint accompagné de Madeleine en robe noir très chic, Caroline, trois ans, qui marchait maintenant, en robe à smocks Jacadi ; Omar arborait fièrement, du haut de ses douze ans, une veste vert kaki Monoprix sur laquelle Malik avait, malgré les remontrances de Madeleine qui y voyait un manque de respect pour le protocole, épinglé une médaille sportive qu'il avait acheté aux puces, déclarant : « comme ça, les deux hommes de la maison seront décorés ! ». Malik reconnut à peine son beau-père qui avait troqué le suroît et la vareuse rouille pour un très chic costume noir, une passementerie rouge au revers de sa veste. Malik découvrit à cette occasion qu'Antoine Martin était Chevalier de la Légion d'honneur ce qu'il l'ignorait, son beau-père étant assez discret sur sa carrière déclarant à l'interrogation muette de Malik que : "tout ça c'est du passé ! L'avenir ce sont mes petits enfants !'.

Malik qui avait revêtu pour la circonstance son uniforme de cérémonie, avec fourragère, avait demandé à pouvoir poser le portrait de ses deux parents, barrés d'un crêpe noir, sur un meuble pour qu'ils soient, eux aussi honorés. cf Double feu

Les invités furent installés à 16:50 dans le salon Napoléon III. François Hollande entra dans le salon à 17:10 et se dirigea souriant vers Madeleine à qui il fit un baisemain en la priant de l'excuser de son retard. Il se baissa pour serrer la main d'Omar en lui disant : « Toi tu es déjà décoré, c'est très bien ! » et fit la bise à Caroline. « Jolie famille que vous avez là, madame. » Il serra ensuite chaleureusement la main de Malik qu'il prit entre ses deux paumes en disant « Merci ! » puis salua le Directeur de la DGSI et Paul Morel.

Le Président se plaça derrière un pupitre avec Malik à sa droite. Omar sans hésiter se plaça à la droite de son père, lui tenant la main et faisant face avec curiosité aux personnes présentes.

François Hollande déclara sur un ton bonhomme, sans lire le discours posé sur le pupitre : « Cher monsieur Benamar, c'est un plaisir pour moi de vous accueillir ici au palais de l'Elysée, symbole de la République, la République que vous avez défendu par votre action intelligente et audacieuse, par votre initiative qui a permis d'empêcher un attentat qui aurait pu faire des dizaines de morts innocentes. A travers vous, c'est l'action de la DGSI et de la police toute entière que je veux saluer, dans la lutte contre le terrorisme islamique qui frappe nos concitoyens, tentant de semer la discorde, la désunion, le rejet de l'autre, de l'étranger, dans le cœur des français. Il est de coutume de lire un long panégyrique des mérites de l'impétrant, vous m'autoriserez à ne pas faire un long discours aujourd'hui. Nous sommes ici, si vous me permettez cette formule, en famille. La vie de nombreux innocents, ma vie, celle de la mère de mes enfants, a été probablement sauvé par votre action. Je vous en remercie en tant que Président et en tant qu'homme ».

Le Président prit ensuite la croix, présentée sur un coussin de velours par un aide de camp en uniforme, l'agrafa au revers de Malik et lui fit l'accolade. Le Président et les invités présents applaudirent l'impétrant. Omar qui avait rejoint sa maman applaudit à l'unisson. Malik remercia en quelques mots le Président de l'honneur qui lui était fait, exprima sa reconnaissance à ses chefs « ici présents », embrassa dans ses remerciements son épouse et ses deux chers enfants pour leur amour et leur patience devant les astreintes de la vie d'un policier, dit, en regardant leur portrait, le regret que ses parents, marocains, mais si fiers d'avoir donné un policier à la France, « lâchement assassinés » ne soient pas présents pour être, à travers lui, également honorés, salua son beau-père qui avait servi de havre à des moments où la sécurité de sa propre famille était menacée. cf Double feu

Paul Vralac avait octroyé une semaine de congés exceptionnels à Malik pour célébrer sa promotion. Toute la famille Benamar partit donc, dés le vendredi 22 juillet, avec le grand-père pour une semaine en Bretagne sur l'île de Bréhat. Ayant quitté Paris aux aurores, la famille put embarquer sur le bateau de midi. Le grand-père ouvrit les volets de la maison de Hurlevent, comme l'appelait Malik car elle était bâtie sur un éperon rocheux face au nordé, remit   immédiatement ses habits de marin pécheur, arrangea un en-cas rapide avec une soupe de poisson et   partit poser son filet avec Omar, laissant " les vieux et les trop jeunes " sur le caillou faire la sieste.   Caroline s'endormit dans lit d'enfant. Madeleine et Malik se glissèrent entre les draps de grosse toile rugueuse, réparées de savantes reprises que l'aïeul disait tenir de la marraine de son père. Il faisait chaud. Les deux époux étaient nus. Madeleine demanda à Malik, mutine, s'il ne serait pas temps de penser au chiffre trois. "Trois, pourquoi trois ?" demanda sottement Malik qui, sentant Madeleine se lover contre lui, ne reposa pas la question.

Glossaire

Termes étrangers

Al Qods : Jérusalem
Al-Qaïda : groupe islamique
Al-Nosra : groupe djihadiste affilié à Al-Qaïda
Armageddon : dans la Bible, lieu symbolique du combat final entre le Bien et le Mal
Ayatollah : dignitaire religieux chiite
Bid'ah : innovation, idée nouvelle, hérésie
Califat : territoire reconnaissant l'autorité d'un calife
Cham : Machrek (moins l'Irak), « Grande Syrie », Bilad el Cham
Diwan : gouvernement qatari
Emir : celui qui commande
Fatwa : avis doctrinal des docteurs de la foi musulmans
Hajj : pèlerinage à La Mecque
Hezbollah : parti de Dieu, parti islamiste chiite libanais
Houdi : minorité chiite yéménite
Imam : guide, celui qui dirige la prière
Kâfir : infidèle, incroyant à la foi musulmane
Katiba : groupe armé
Machrek : l'Orient arabe
Mollah : membre du clergé chiite
Moudjahidine : combattant de la foi qui s'engage dans le Djihad
Moukhabarat : service de renseignement
Ouléma : savant versé dans les sciences religieuses
Oumma : communauté des musulmans, Islam
Pasdaran : combattant iranien
Peshmerga : soldat kurde

Quraysh : tribu arabe dont est originaire Mahomet
Sana : agence syrienne officielle d'information
Taliban : combattant afghan
Tsahal : armée israélienne
Zamzam : fontaine miraculeuse de la Mecque et programme nucléaire syrien secret

Acronymes

AIEA : Agence Internationale de l'Energie Atomique
Aipac : American Israel Public Affairs Committee, lobby juif américain
AK 47 : fusils d'assaut de type Kalachnikov
ALS : Armée de Libération de Syrie, opposition démocratique au régime syrien
AQPA : Al-Qaïda dans la Péninsule Arabique
BAC : Brigade Anti Criminalité
Centcom : United States CENTral COMmand Moyen-Orient et Asie centrale
CIA: Central Information Agency
Daech : Etat islamique
DGPN : Direction Générale de la Police Nationale
DGSE : Direction générale de la Sécurité extérieure (a/c1982)
DGSI : Direction Générale de la Sécurité Intérieure
DOD: Department Of Defense américain
DOJ: Department Of Justice américain
DPSD : Direction de la Protection et de la Sécurité de la Défense
EEI : Engin Explosif Improvisé, 'bombe sale' artisanale
EI : Etat islamique = EIIL
EIIL : Etat Islamique en Irak et au Liban = ISIS
FIFA : Fédération Internationale de Football Association
GAFI : Groupe d'Action FInancière

GSPR : Groupe de Sécurité de la Présidence de la République
IAF : Israel Air Force / Armée de l'Air d'Israel
ISIS : Islamic State of Iraq and Sham = Etat islamique = Daech
MI6 : Secret Security Service britannique
NRBC : Nucléaire, Radiologique, Biologique, Chimique
NSA: National Security Agency
OAIOC : Organisation pour l'interdiction des armes chimiques
OIAC : Organisation pour l'Interdiction des Armes Chimiques
PYD : Parti de l'union démocratique, parti syrien kurde
Raid : Recherche, Assistance, Intervention, Dissuasion, Unité de la Police nationale
RG : Renseignements Généraux
Rima : Régiment d'Infanterie de Marine
RT : Renseignements Territoriaux, ex RG
SANA : Syrian Arab News Agency
SCRT : Service Central du Renseignement Territorial
SDECE : Service de documentation extérieure et de contre-espionnage (1945-1982)
SDLP : Service De La Protection, service de la Police Nationale
TNP : Traité de Non Prolifération
UEFA : Union Européenne des Associations de Football
Vevak : ministère du renseignement et de la sécurité nationale iranien
YPG : branche armée du PYD
YPG : Unités de protection du peuple, branche armée du PYD

Glossaire technique

Backdoor : fonctionnalité qui donne un accès secret au logiciel

Back up : sauvegarde
Byod : Buy Your Own Device
Darknet : réseau internet non public
DDOS : Déni de service
Firewall : pare-feu, protection d'un ordinateur contre les intrusions
Firmware : logiciel embarqué, préinstallé dans un appareil électronique
Geek : passionné de technologie
Hacker : informaticien qui modifie un programme
Hacktiviste : contraction de *hacker* et activiste, hacker politisé
Nerd : personne solitaire, asociale, passionnée de technologie
Pod : conteneur

Sommaire

1. Prologue - La prise de la Mecque
2. Orchard מבצע בוסתן
3. Le soldat perdu
4. La chambre du fils
5. Une vie après la mort
6. Zamzam زمزم
7. Le transfuge iranien ناهنده يِ ى راذ ايِ
8. Deir ez-Zor ܩܢܐ ܩܠܪ
9. Anonymous contre Daech
10. Dabiq دابق
11. Armageddon Ἀρμαγεδών
12. Les damnés de la mer
13. Les attentats du 13 novembre 2015
14. Fifagate $$$
15. L'agent sportif
16. Activation cellule dormante
17. Gaz sarin $C_4H_{10}FO_2P$
18. Brocéliande
19. Debrief
20. Deal DGSI-Mossad
21. La taupe
22. Le traitre
23. Le traître démasqué
24. La filoche ratée
25. Le pacte de sang

26. Diversion
27. Protocole
28. Le Crillon
29. Big data
30. L'attentat
31. Epilogue – Légion d'honneur